PNIN

Vladimir Nabokov

translation: Kichinosuke Ohashi

プニン

ウラジーミル・ナボコフ

大橋吉之輔 訳

Vladimir Nabokov

目次

Japanese translation :

©Kichinosuke Ohashi

editorial design :

hei Quiti Harata @ EDi X

Japanese text set in

Ro Hon MinKok Pr5N Book & Jiyukobo's fonts

printed in JAPAN

第一章

1

その容赦なく疾走する鉄道の客車の、北側の窓辺の座席に腰をおろしている年配の乗客は、他ならぬティモフェイ・プニン教授であった。教授の隣りの座席も空席なら、向い合っている二つの座席にも誰も坐ってはいない。理想的に禿げあがり、日に焼けて、剃刀《かみそり》のあともあざやかな教授の容姿を概観するに、まずあの大きな褐色の円頂《ドーム》にはじまり、べっ甲ぶちの眼鏡（おかげであどけなくも欠如している眉毛の不在は遮蔽されていた）、類人猿《サル》のもののような上唇、重厚な頸部、窮屈そうなツイードの上衣に包まれた頑丈そうな胴部、に至るあたりまでは、なかなかの圧巻であるといわねばならなかったが、それから下の部分は、ひょろ長いだけの二本の脚（いまはフランネルのズボンをはき、組まれている）と、か弱そうな女々《めめ》しい足と、いささか竜頭蛇尾の感をまぬがれない。

締りのない靴下は、薄紫の菱形紋様をあしらった緋色のウール製品で、保守的な型の黒い紳士靴《オックスフォード》は、衣類全部（派手でいいなせなネクタイを含む）の値段を合算したものとほとんど同額の価格のものであった。一九四〇年代に入る以前、すなわち安定したヨーロッパ生活を送っていた時期には、教授は常に長い下着を着用し、その末端は、縫取飾りのついた落ち着いた色の上品な絹靴下の上部に押し込まれ、したがって靴下留め《ガーター》は、ふくらはぎを包む綿布の上にかかっていた。その当時は、ズボンの脚をちょっとでも高く引きあげすぎて、その白い下着をちらりとでものぞかせることは、カラーとネクタイをつけずにご婦人方の前に姿を現わすことと同様、プニンには見苦しいことこの上ないように思われたであろう。パリの十六区のむさくるしいアパート——レーニン主義の支配下におかれたロシアを逃れ、プラハで大学教育を終えたあと、プニンが十五年間を過した、あのむさくるしいアパートの管理人である落魄したマダム・ルーが、部屋代をとりに彼の部屋へあがってきたときでも、端正なプニンは、たまたまそのときカラーをつけていなかったりすると、つつましやかな手つきで前のカラー・ボタンをおおいかくしたものであった。しかしそういったようなことはすべて、新世界の激しい空気にふれて変化した。今日《こんにち》、五十二歳にして彼は、裸身をさらしての日光浴に夢中になっており、着るものとしてはスポーツ・シャツやスラックス、脚を組むときは、裸のすねの大部分を注意ぶかく故意にむきだしにしてはばかるところがなかった。他の乗客の眼には、いまの彼はまさにそのような人物に見えたであろうが、実はこの客車はプニンが独占しているも同然で、他の乗客としては、車輛の向うの端の座席でいねむりをしている一人の兵士と、反対側の端で一人の赤児に夢中になっている二人の女性がいるだけだったのである。

ところで、ここで秘密を打ち明けなければならない。実はプニン教授は間違った列車に乗っていたのである。彼はそのことに気がついていなかったし、車内の巡回をはじめてすでにプニンの客車に近づきつつあった車掌のほうも、そのことを知ってはいなかった。そして、そのときのプニンは、実際、自分のしていることに至極ご満悦だったのである。クレモーナ――それは、一九四五年以来プニンの学者としての拠点であるウェインデルの西方、約二百ロシアマイル[1]のところにある町だが、そこのクレモーナ婦人クラブが金曜の夜の講演会の講師として彼を招待するにあたって、同クラブの副会長であるミス・ジューディス・クライドなる女性は、ウェインデル発午後一時五十二分、クレモーナ着四時十七分の列車がもっとも便利であるとわがプニンに通告してきたのであったが、多くのロシア人の例にもれず、時刻表、地図、目録などのたぐいに属するものすべてを極度に愛好し、それらを収集して、自由奔放わがもの顔に参照しては無料でなにものかを得るよろこびに心をおどらせ、自分のスケジュールは独力で調整することを格別の誇りとしていたプニンは、時刻表を研究の結果、見落しやすい注意符号によって、指示された列車よりもさらに便利

訳注

1　ベルスタといい、一ベルスタは一・〇六七キロ

な列車（ウェインデル発午後二時十九分、クレモーナ着午後四時三十二分）が示されていることを発見した。その注意符号の示すところによると、ウェインデル発午後二時十九分の列車は、金曜日のみは、クレモーナに臨時停車して、目的地――クレモーナと同じく芳醇なひびきをもつイタリア系の名を冠した遠方のずっと大きな都市、に向うのだった。だが、不運にも、プニンが参照したその時刻表は五年前の古いもので、その一部はすでに廃れてしまっていたのである。

プニンは、ウェインデル大学でロシア語を教えていたが、やや田舎大学的なその学校の特色としては、次のようなものがあげられるであろう。造園工事が施された美しいキャンパスの真中にある人造湖。諸校舎をつなぐ蔦《つた》におおわれた回廊。アリストテレス、シェイクスピア、パスツールなどから、田園のむくつけき体格の青年子女に知識の燈火を伝えることに精励している教授諸公の姿を、それぞれの個性を生かして描き出した壁画。活潑で発展の一途をたどる大世帯のドイツ文学科――科長であるハーゲン博士は同科のことを（一つひとつの音節を非常にはっきりと発音しながら）「大学の中の大学」と独善的に称していた。

ところでこの年（一九五〇年）の秋の学期に、ロシア語のコースに履修届を出していたものは、中級に一人、むっちり太って熱心なベティ・ブリス、上級に一人、ただしこれは名前（アイヴァン・ダブ）だけで姿を見せたことは一度もない。そして、繁盛する初級には三人、祖父母がミンスク[2]生れのジョゼフィン・モーキン、すでに十か国語を片づけてしまい更にあと十か国語を併呑しようという天才的な記憶力の持主チャールズ・マクベス、ロシア語はアルファベットさえマスターしてしまえば原語で『アンナ・カラマーゾフ』[3]でも実際に読めるようになると誰かから聞いた無気力なアイリーン・レインの三人だった。教師としてプニンは、アメリカじゅう至るところの学校にあって、正規の訓練はまったく受けたことがないのに、直観力と騒々しい多弁と一種の母情の発露によって、母なるボルガにまつわる数々の歌の赤いキャビア[4]とお茶のかもしだす雰囲気のなかで、無邪気な眼をした学生たちに困難な美しい母国語の魔術的な知識を注入することに成功している、あの驚嘆すべきロシア婦人たちにはとうてい及ぶべくもなかった。また、他方、あの近代科学としての言語学の殿堂、音素学《フォニーム》の旗の下に結集した苦行《くぎょう》者の集団、熱心な若者たちに言語そのものではなく方法論の方法を教える象牙の塔——その方法は、岩から岩へとしぶきをあげて飛びちる滝の水のように、理にかなった航行の媒体ではなくなって、おそらくいつか夢のような未来には、精巧な機械によってのみ話される秘教的な方言（たとえばバス

2　現在は、ベラルーシの首都

3　トルストイの『アンナ・カレーニナ』とドストエフスキーの『カラマーゾフの兄弟』をつきあわせたもので、こんな作品はない

4　擬似製品

ク基語など）を導き出すのに役立つようになるだろう——そういったものには一切あえて近づこうとはしなかった。プニンの教授法は、明らかに素人《しろうと》くさい気楽なもので、事実、ウェインデルよりもずっと大きな大学のスラヴ語学科の主任教授が上梓《じょうし》した文法書の練習問題一辺倒だった——その主任教授というのは、尊敬すべき詐欺師で、そのロシア語はまったくのインチキであったが、無名の人の労作には権威ある自分の名をよろこんで貸す男であった。プニンは短所や欠点を多くもっていたにもかかわらず、人の気持を和らげるような無邪気で古風な魅力の持主で、彼の強力な弁護人であるハーゲン博士が気むずかしい理事者たちの前で強く主張したところによると、その魅力こそはドルで支払う価値のある優雅な輸入品であった。一九二五年ごろ、プラハ大学でプニンが堂々と獲得した社会学と政治経済学の学位は、一九五〇年ごろには廃物の博士号になってしまっていたが、ロシア語の教師として彼は必ずしもミスキャストではなかった。しかし彼がみんなから愛されていたのは、彼がなんらかの肝要な才能の持主であったからではなく、あの忘れることのできない授業時間中の脱線のせいであった——やおら眼鏡をはずし、現在のレンズを撫でさすりながら、過去にむかってなつかしくほほえみかけるのだ。あやしげな英語でのノスタルジアにあふれた回想。自らの過去にまつわるエピソードのあれこれ。アメリカ合衆国にやってきたいきさつ。「上陸の前に、船上でお取り調べがありましてな。大変けっこう！『なにか申告するものは?』『なにももっておりません』大変けっこう！　それから政治的な質問。係官が訊ねました、『あなたはアナーキストですか?』そこでわしはこう答えてやりましたよ」――暫時しずかによろこびをかみしめるために、語り手はここで一時休憩――「『アナーキズムといってもいろいろあるが、そもそも、そのうちのどれを仰言っているのかな？　形而下的、形而上的、理論的、神秘的、抽象的、個人的、社会的と、数あるアナーキズムのなかのどれですかな？　若いころには、わしにとっては、そのどれもが意味深《いみしん》でしたが』かくして、わしたちは非常に興味ぶかい議論をたたかわせることとなり、その結果、わしはエリス島[5]でまるまる二週間ほど過させていただきましたよ」――腹がふくれはじめ、盛り上がっていって、語り手は抱腹絶倒するのだった。

しかし、ユーモアということでは、もっと面白いことがまだあった。授業に際し、なにやら内緒ごとのあるようなはにかみを見せながら、慈愛あふれるプニン教授は、自分自身がかつて味わったことのあるすばらしいご馳走を学生たちに賞味させてやろうと、抑えきれぬ微笑に、不完全ではあるが頑丈な黄褐色の歯ならびを早くものぞかせて、ぼろぼろになったロシア語教科書の、優雅な模造革のしおりを注意ぶかくはさんでおいたページをお

5　ニューヨーク湾中の小島で、もと移民検疫所があった

もむろに開くのだった。すると、しばしば、彼の塑像のような顔は、この上ない狼狽の色に一変し、唖然《あぜん》となって、教科書のページをもどかしげに右へ左へとパラパラめくり、数分後にやっと、本来のページを発見する――か、あるいは、けっきょく自分がしおりをはさんでおいた個所が正しかったことを知るのであった。彼が選ぶ文章はたいてい、ほぼ一世紀むかしにオストロフスキー[6]が作った商人階級の風習を主題とする古い素朴な喜劇の一節か、あるいは、同じように古いが更にもっと旧式の、駄洒落を主とするレスコフ[7]の軽い卑俗な作品のなかからだった。そして、それらの古くさい代物を、モスクワ芸術座式のきびきびした簡潔な口調ではなく、古典的なアレクサンドリンカ（ペテルブルグの劇場）流に、音吐朗々と吟誦した。だが、それらの文章にどの程度の面白味が残されているにせよ、それを鑑賞するには、ロシア語についての相当な知識と同時に、充分なる文学的洞察力が必要だった。ところが、貧弱な彼のクラスの学生たちは、その両者をふたつながら欠いていたので、その教材の微妙なあやを理解し楽しんでいるのは、結局のところプニンただ一人ということになってしまう。そして、さきほど別の件で述べたあの抱腹絶倒が、ここではまさに本物の地震になるのだった。記憶の明りをいっせいにともし、精神のさまざまな仮面《マスク》に道化を演じさせながら、彼は多感で熱情的な青春時代に思いを馳せた（それは、歴

6　十九世紀のロシア劇作家で、ロシア演劇にリアリズムを導入したといわれる

7　十九世紀のロシアの小説家

史の一撃によって壊滅してしまったがゆえに、いっそうみずみずしいものに思われる輝かしい小宇宙のなかの、ひとつの青春だった）。そして、傾聴者たちがロシア式のユーモアだと謹んで推測したものの見本をつぎからつぎへと披露しながら、プニンはこっそりと秘密のブドウ酒に酔っていくのだった。やがてその面白さに自分が押えきれなくなってくると、セイヨウナシのような形をした涙が日焼けした彼の頬をしたたりおちる。ぞっとするような歯ばかりか、ピンク色の上歯ぐきの驚くほどの面積までが、まるでびっくり箱の蓋があいたように、とつぜん彼の口から飛び出す。手が急いで口をおおい、大きな両肩が波のようにゆれる。そして彼の朗読は踊っている手の背後に押しこめられて、クラスの学生たちには二重に不分明になっているが、彼が自分の愉悦に完全に身を委ねているので、かれらもそれに同化せずにはいられない。彼がどうにも朗読が続けられなくなっているころには、学生たちのほうも笑いを押えることができなくなっている。チャールズはぜんまい仕掛けのように突然はしゃいだ声を発し、けっして美人ではないジョゼフィンは、思いもよらぬ美しい笑い声を連続させて、周囲の者たちを眩惑する。一方、美人のアイリーンは、不体裁なくすくす笑いがとまらず、体がぐにゃぐにゃになっている。

しかし、だからといって、プニンが列車を乗りまちがえているという事実に変りはない。

プニンの悲しい症状を、われわれはどのように診断したらよいのだろうか？　断わっておくが、プニンはけっして十九世紀式のあの人のいい陳腐な代物、すなわちドイツ人のよくいう〈ぼんやり教授〉のひとりではない。むしろ彼は、風変りで気まぐれな環境（見当のつかないアメリカ）にあって、なにかとんでもない失敗をしでかしはしないかと、たえず悪魔の落し穴に気をくばり、用心しすぎているくらいなのである。ぼんやりしているのは世間のほうなのであって、それを整理整頓するのがプニンの任務なのだ。彼の生活は不条理な事物との絶えざる戦いであった。それらの事物は、彼の存在の領域に侵入するやいなや、たちまちばらばらになったり、彼を攻撃したり、機能を果すのを拒否したり、あるいは意地悪くも姿を消したりするのである。プニンはたぐい稀《まれ》なほど手先の無器用な男だった。だが、またたくまにエンドウ豆のさやで一つ穴の笛をつくったり、平たい小石を池の水面に十度もはねるように飛ばしたり、こぶしでウサギの影絵を映したり（それも、目がまばたきする完全なウサギである）、そのほかロシア人の得意とするさまざまな隠し芸を心得ていたので、自分では相当に器用な人間だと信じこんでいた。彼はちょっとした装置や仕掛けが大好きで、一種の迷信的な喜びをもって、それらに惑溺していた。電気器具は彼を魅了し、プラスチック製品は彼を夢中にさせた。また、ジッパーを深く讃美していた。だが、電気時計のプラグを敬虔な気持でさしこんでおいても、真夜中の嵐が近所の発電所を麻痺させてしまえば、朝の時間はめちゃめちゃに狂ってしまう。眼鏡のフレームは真中でぽきりと折れ、彼の手にはふたつの同形のものが残る。彼は復活の奇蹟でも起らないものかと期待しながら、そのふたつを接合させようとあいまいな試みをくりかえす。紳士がもっとも頼りとするジッパーも、狼狽と絶望との悪夢のような瞬間に、うろたえる彼の手もとではずれてしまい、締らなくなってしまうのだ。

　そして、彼は自分が列車を乗りまちがえていることに、まだ気づいていない。

　プニンの特に危険な分野は英語だった。フランスを離れて合衆国に向ったとき、彼はほとんど英語の知識をもっていなかったといってもよく、知っているものといえば、たとえば、〈あとは沈黙〉[8]、〈二度としない〉、〈週末〉、〈紳士録〉などというあまり役に立たない半端《はんぱ》な言葉や、〈食べる〉、〈街路〉、〈万年筆〉、〈ギャング〉、〈チャールストン〉、〈限界効用〉などといった少数の日常語だけだった。彼は不屈の態度で、フェニモア・クーパーやエドガー・ポーやエジソンや三十一人の大統領の言語を習得しにかかった。そして一年後の一九四一年には、〈希望的観測〉とか〈ああいいよ《オーケー・ドーケー》〉とかいう言葉を流暢にあやつれるようになった。一九四二年には、〈かいつまんでいえば〉というような

8 ハムレットの最後の言葉

語句を自分の話にまじえることができるようになった。トルーマン大統領が再選されたころには、彼は事実上どんな話題でもあやつることができた。しかし、その他の点では、彼のあらゆる努力にもかかわらず、進歩は停止してしまったようだった。そして一九五〇年になっても、彼の英語はいぜんとして欠陥だらけだった。その年の秋、彼はハーゲン博士の主宰するいわゆる綜合講座〈翼をもがれたヨーロッパ――現代ヨーロッパ文化の概観〉において、週に一度の講義を行い、自分のロシア語コースの補足をした。わが友の講義は、学外で行う雑多な講演も含めて、すべてドイツ文学科の若手のメンバーのひとりが編集したものだった。その編集の手順はいささかこみいっていた。まずプニン教授が慣用的な諺にあふれている自分のロシア語を骨を折ってつぎはぎだらけの英語に翻訳する。それを若いミラーが修正し、ハーゲン博士の秘書であるミス・アイゼンボールという女がタイプする。それから、それにプニンが目を通して、自分の理解できない個所を削除する。そして、そのようにしてできあがったものを、彼は毎週聴衆に向って読みあげるのである。彼は準備した原稿がなければまったく無力であった。それにまた、自分の欠陥をいつわり隠すために、ときどき原稿に目をおとして、目に映っただけの言葉をつかみあげ、それを聴衆に向って吐き出しながら、文章の末尾を長く引きのばし、そのあいだに再び目をおとして、つぎの言葉を探すというあの昔ながらの方法も、プニンは利用することができなかった。というのは、いったん原稿から目をはなすと、そのとたんに彼は方角を見失ってしまうからである。したがって、彼は自分の講義の原稿を読みあげるほうを好んだ。原稿に視線を固着させ、まるでエレベーターを恐れる人間がはてしない階段をのぼっていくように、単調緩慢なバリトンで読みあげるのである。

父親のような感じのする白髪頭の車掌は、その単純で実際的な鼻のうえに鉄ぶちの眼鏡をややひくめにかけ、親指によごれたばんそうこうを張りつけていた。あと三つの客車の検札が終れば、プニンの乗っている最後の客車にたどりつくはずだった。

一方プニンは、すこぶるプニン的な渇望の充足に身を委ねていた。彼はいまプニン的な困惑を味わっているのだ。彼の旅行カバンには、見知らぬ町でプニン流に一晩すごすには欠くべからざるもの、すなわち靴の木型やリンゴや辞書などといった物のほかに、比較的新しい黒の背広が一着入っている。彼はクレモーナの婦人たちに講演（『ロシア国民は共産主義者か?』）をするさいに、その背広を着用するつもりだった。カバンにはそのほかに、月曜日に行う綜合講座の講義ノート（『ドン・キホーテとファウスト』）も入っていた。講演の翌日、ウェインデルに帰る車中で、その下調べをしようと思っている。それから、大学院生ベティ・ブリスの論文（『ドストエフスキーと形態心理学』）も入っていた。彼女の指導教授であるハーゲン博士にかわって、プニンがその論文を読むことになっていたのだ。ところで、プニンの当面している困惑とは、つぎのようなものだった。もしもクレモーナで行う講演の原稿——タイプ用紙二十枚のもので、ていねいに折りたたんである——をしっかり身につけたままにしておくと、講演のさいに着る予定の背広のポケットに、それを移し変えるのを忘れてしまう恐れがある。かといって、現在カバンに入っているその背広に、いまから講演の原稿を移しておけば、今度は、カバンを盗まれはしないかという心配に悩まなければならない。それに（心配事というのは種がつきないものだ）、現在着ている上衣の内ポケットには、貴重な札入れが入っているのだ。札入れの中身は、二枚の十ドル紙幣と帰化証明書と新聞の切り抜きである。その切り抜きというのは、一九四五年にヤルタ会談に関して、彼がニューヨーク・タイムズに投稿した手紙で、小生が手伝って書いたものだ。その札入れを引っぱり出すのは、物理的には可能だったけれども、そうすれば折りたたんだ講演の原稿もいっしょに飛び出してしまうにちがいない。列車に乗りこんでからの二十分間というもの、すでにわが友は二度もカバンをあけ、さまざまな書類をいじくりまわした。車掌がその客車にたどりついたとき、勤勉なプニンは、大学におけるべティの最後の労作を苦労しながら読んでいた。その論文は、「われわれの生活している精神的風土を考察するとき、以下のような点に気づかずにはいられない。……」という書き出しではじまっていた。

車掌が入ってきた。彼は兵士を起さなかった。婦人たちには、到着の時刻になったら教えると約束した。やがて、プニンのまえにきて、彼の切符を見つめながら首を横にふった。クレモーナへの停車は二年まえに廃止されていたのだ。

「だいじな講演があるんです!」とプニンは叫んだ。「どうしたらいいだろう? はめっです」

白髪頭の車掌は、荘重に、かつ気楽そうに、反対側の座席にゆったりと腰をおろした。そして、ページの隅がたくさん折れて書き込みがいっぱいあるぼろぼろの時刻表を黙って調べた。あと数分したら、すなわち三時八分に、ホイットチャーチで列車をおりたらいいでしょう。そして、四時のバスにお乗りなさい。六時頃にクレモーナに着くはずです。

「わたしは十二分ほど得《とく》したつもりだった。だのに、まるで二時間近くも失ってしまった」とプニンはにがにがしげにいった。それから、彼はせきばらいをし、白髪頭の親切な車掌の慰め(「ちゃんと間に合いますよ」)を無視しながら、読書用の眼鏡をはずして、石のように重い旅行カバンを持ちあげ、デッキのところまで歩いていって、窓外を流れるように走り去る緑の木立ちが、意中にある明確な停車場のイメージにとって代られるのを待った。

2

ホイットチャーチの町は時間どおりに姿を現わした。暑い眠ったようなセメントと陽光の広がりが、はっきりした輪郭のさまざまな固定した影からなる幾何学的な風景のかなたに横たわっている。この地方の天候はまるで夏のようで、とても十月とは思えなかった。プニンは油断なく気をくばりながら、真中に無用のストーヴを据えつけた待合室らしき部屋に入っていき、周囲を見まわした。誰もいない奥の方に、汗を吹き出している青年の上半身が目に入った。青年は自分の前の幅の広い木のカウンターの上でなにやら書類に書込みを行なっている。

「おうかがいしたいことがあるのですが」とプニンは言った。「クレモーナ行きの四時のバスはどこに止りますか?」

「通りをへだてた真向いです」駅員は顔もあげずにきびきびした声で答えた。

「どこか荷物を預けるところはありませんか?」

「そのカバンですか。こちらにお預かりしましょう」

プニンがいつも途方にくれさせられる例の国民的略式主義で、青年はそのカバンをすみの方に押しやった。

「領収《クウイツタンス》は?」とプニンは訊ねた。受取り《レシート》にあたるロシア語(kvitantsiya)をそのまま英訳したのだ。

「何ですか、それは?」

「番号は?」プニンは躍起になっていた。

「番号は必要ありません」男はそう答えるとふたたび書類の記入をはじめた。

プニンは駅を出て、バスの停留所を確かめると、喫茶店に入った。ハム・サンドウィッチを食べ終ると、もうひとつ注文してそれも残らず食べた。きっかり四時五分まえに、プニンは食事の代金を払って——もっともレジスターのそばにあるマツカサの形をした小綺麗な小カップから自分で吟味して選びだした上等のつまようじの代金は払わなかったが——カバンをとりに駅にいった。

先刻とはちがう男が荷物預かりの番をしていた。先刻の男は大急ぎで妻を産科医院に連れていくために家に呼び戻されたのだ。五分もすれば帰ってくるということだった。

「しかしわたしはカバンを返してもらわなければならない」とプニンが叫んだ。

代理の男は同情はしてくれたが、それ以上はどうすることもできない。

「ほら、そこにある」プニンは叫び、身をのりだして指さした。

だがそれはまことに不運だった。というのは、彼は指さしながら、自分が間違ったカバンを請求していることに気づいたからである。彼の人さし指は宙をさまよった。そのためらいは致命的であった。

「クレモーナ行きのバスが出てしまう」プニンは叫んだ。

「八時に次のがありますよ」と男は言った。

哀れなるわれらが友はどうしたらよいのか途方にくれた！　怖ろしい事態だ！　彼は通りの方にちらりと目をやった。バスがいましも到着したところだった。こんどの講演の契約は五十ドルの余分の収入を意味している。片手がさっと右の脇腹におりていった。たしかにそこにある、ありがたい《スラヴァ・ボグ》！　よし！　黒の服は着ないことにしよう――それでいいんだ《ヴォト・イ・フショ》。カバンは帰りに取りにくればいい。若くて元気な頃は、それよりもはるかに価値のある多くのものを失い、棄てたことがあったではないか。元気いっぱいに、ほとんど浮き浮きした足どりで、プニンはバスに乗りこんだ。

この新しい旅行の段階をわずか数街区《ブロック》の距離ほど耐え忍んだとき、とつぜん恐ろしい疑念が彼の心を横ぎった。カバンと別れて以来ずっと、彼は左の人さし指の先端と右肘の基部の内側を交互に用いて、上衣の内ポケットに入っている貴重品の存在を確認しつづけていた。やにわに彼はそれを荒々しく引っぱりだした。なかに入っていたのはベティの論文だった。

憂慮と切願とを表現する国際的な間投詞だと思われるものを吐き散らしながら、プニンは席からよろよろと立ち上がった。そしてよろめきながら出口にたどりついた。ふきげんそうに運転手は片手で小さな機械から一握りの硬貨を抜き取り、プニンに切符代を払い戻して、バスを止めた。哀れなプニンは見知らぬ町の真中におり立った。

彼はその力強く張った胸から察せられるほど力強い人間ではなかった。頭でっかちの彼の体を飲みこんで、いわば現実から彼を遊離させてしまう絶望的な疲労感の波は、彼にとってまったく未知の体験ではなかった。彼は自分がじめじめした緑色の紫がかった公園にいることに気がついた。それはくすんだシャクナゲ、光沢のある月桂樹、殺虫剤を吹きかけた日よけの木立ち、短く刈りこんだ芝生などに重点をおいた形式ばった陰鬱な公園だった。バスの運転手がそっけない態度で鉄道の駅に戻る道だと教えてくれたクリとカシの小路へ入ったとたん、あの不気味な感情、非現実の世界のうずきが、プニンを完全に圧倒した。

食べ物のせいだろうか？　ハムと一緒に食べたピックルス？　それとも、彼のどの医者もまだ探知していない不思議な病気なのだろうか？　わが友は心のなかで怪しんだ。小生もまた怪しんでいる。

　すでに言及された事があるかどうかは知らないが、生命の主要な特徴のひとつはその分離性ということである。われわれは肉という薄い膜に包まれていなければ、死んでしまう。人間が存在できる唯一の条件は、四囲の状況から分離しているということで、頭蓋骨は宇宙飛行士のヘルメットに相当する。内側に留まっていなければ滅びてしまい、離脱、融合は死を意味するのである。風景と交わることはすばらしいことかも知れない。だがそうすれば傷つきやすい自我の消滅をまねく。哀れなプニンがそのとき経験していた感情は、その離脱、その融合に非常によく似ている。彼は体じゅうに無数の孔《あな》があき、いまにも陥落しそうな感じがした。彼は汗をかいていた。怯えていた。月桂樹にかこまれた石のベンチが、歩道の上に倒れそうになったプニンを救ってくれた。それは心臓の発作だったのだろうか？　そうではないと思う。目下のところ小生は彼の主治医であるが、もう一度くりかえしていうと、小生はそれは心臓の発作ではなかったと思う。小生の患者は、自分の心臓（いま彼の手から離れてしまっているカバンのなかのウェブスター新簡約《ニュー・カレジエト》辞典の薄気味わるい定義によれば、心臓は「筋肉でできた空洞器官」である）を不安な思いにかられながら憎悪し怖れているあの奇妙で不幸な人たちのひとりであった。心臓はかれらにとって、なにか強い、ねばねばする、触れることのできない怪物なのであって、悲しいことに、必ず人間はそれに寄生されているのだ。ときおり医者たちが、揺れぐらつくプニンの不整脈に当惑して精密検査をしてみると、心臓運動計《カルディオグラフ》は途方もない山脈を描き、けっして共存しえないような多数の致命的な病気を表示することがあった。彼は自分の手首にみずからの手で触れるのを恐れていた。また、不眠症のために右の横腹を下にしても左を下にしても眠れず、横腹がもうひとつあればいいと願うあの憂鬱な夜においても、プニンはけっして左を下にして眠ろうとはしない。

そしていま、ホイットチャーチの公園において、プニンは一九四二年八月十日、一九三七年二月十五日（彼の誕生日である）、一九二九年五月十八日、一九二〇年七月四日にすでに感じたことを改めて感じていた――つまり、彼の体内に寄宿しているあの怖ろしい自動装置が、みずからの意志をもつ生きものとなって、ひどく活気づいているばかりか、彼に苦痛と恐怖をおこさせているのである。彼はベンチの石の背に自分の哀れな禿げ頭を押しつけ、同様な不快と絶望とを感じた過去のあらゆる事例を思い起した。今度は肺炎なのだろうか？　彼は二日ほど前、心のこもったアメリカ式の夜風をふるまわれて、骨の髄まで冷えてしまった。それは風の強い夜、二度目の酒がまわったあとで、主人が客にふるまう例のやつだ。プニンはにわかに（彼は死にかかっているのだろうか？）、自分が少年時代に戻っていくのを感じた。そして過去の出来事がまざまざと思い出されたが、その感じはまるで溺死者の――特に以前のロシア海軍における溺死者の――劇的な特権といわれるものの鋭さを持っていた。名前は失念したがある老練な心理分析学者の説明によれば、その一種の窒息現象は洗礼を受けたときのショックが潜在意識的に呼び起される結果であり、そのために最初の浸礼と最後の浸礼とのあいだに介在するさまざまな思い出が爆発させられるのだという。プニンの回想は一瞬のうちに起ったのであるが、文章にあらわすとなると、それなりの言葉の量が必要である。

　プニンはペテルブルグのかなり裕福な良家の出身だった。父のパヴェル・プニン博士は声望の高い眼科の専門医で、レフ・トルストイの結膜炎を治療するという光栄に浴したことがある。母は断髪で華奢《きやしや》な体つきの、腰の細い、神経質な小柄な女で、一時は著名だった革命家ウーモフ（〝ズーム・オフ〟[9]と韻が一致する）とリーガ[10]出身のドイツ婦人とのあいだにできた娘だった。半ば気を失いながら、プニンは母の眼が近づいてくるのを見る。

9　「ブーンと急速度で離陸する」

10　ラトビア共和国の首都

十一歳の真冬の日曜日。初等学校の月曜日の授業の予習をしていると、奇妙な悪寒が彼の体にひろがった。母は息子の熱をはかり、呆然と息子の顔を見つめ、ただちに夫の親友である小児科医のベロクキンを呼んだ。その医者は眉毛の太い小男で、短いあごひげをはやし、髪を刈り込んでいた。フロック・コートのすそをひろげながら、彼はティモフェイのベッドの端にすわった。医者の分厚い金時計とティモフェイの脈搏とのあいだに競争が行われた（脈搏がやすやすと勝利をおさめた）。それからティモフェイの上半身が裸にされ、ベロクキンは氷のように冷たい耳と紙やすりのような頭の側面をそれに押しつけた。一本足の動物の平らな足裏のように、その耳はティモフェイの背や胸の上を歩きまわり、あちこちの皮膚に固着しては、ふたたび重く荒い足どりで次に移っていった。医者が立ち去るやいなや、母は口に安全ピンをくわえたたくましい女中と一緒に、狂人拘束服のような湿布のなかに、苦悩する小さな患者を包みこんだ。その湿布は濡れたリンネルと、それより厚い脱脂綿の層と、きついフランネルの層と、ねちねちして身の毛もよだつような――熱病にかかったときの尿のような色の――油布からできていた。まず冷たくねっとりとして疼《うず》きを与えるリンネルが皮膚にあてられ、そのつぎに油布がまかれ、それをとりまくのがキュウキュウ音を出す耐えがたい脱脂綿であり、いちばん外側がフランネルだった。まゆに包まれた哀れな蛹《さなぎ》のようなティモーシャ（ティム、ティモフェイ）は、その上にさらに大量の毛布をかけられて横たわっていた。だが、凍えた背骨の両側から肋骨のあたりに這《は》いあがってくる悪寒のひろがりにたいしては、それらは何の役にも立たない。まぶたがずきずき痛んで、彼は目を閉じることができなかった。斜めに突きさすように入ってくる光線で視界はたんなる長円形の苦痛と化し、ふだん見慣れたさまざまな物体の形も、いまでは邪悪な妄想の繁殖場所になっていた。ベッドのそばには磨きあげられた木の四つ折りの衝立《ついたて》があり、それぞれの面に、落葉の散りしく乗馬道、スイレンの池、ベンチに背をまるくして坐っている老人、赤みがかったものを前足にかかえている一匹のリスの焼画が描かれている。きちんとした規律正しい子供であるティモーシャは、リスが持っているその赤みがかったものはいったい何だろうか（クルミだろうか、それともマツカサかな？）とこれまでもしばしば思案したことがあったが、いまはほかになにもすることがないので、その退屈な謎を解くことに集中しようとした。だが、熱のために頭ががんがんし、すべての努力は苦痛と恐怖のなかに埋没してしまった。さらにいっそう彼を苦しめたのは壁紙の模様との格闘だった。紫色の花の三つの房と七枚のカシの葉の組み合せが、こころよい正確さで垂直に幾度もくり返されていることは、ふだんからわかっていた。しかし現在彼を悩まし、彼の念頭から離れないのは、その模様がどのような包括と界域の方式《システム》によって水平に反復しているのかがわからないという事実だった。そのような反復が存在することは、ベッドから衣裳戸棚、ストーヴから戸口までの壁の至るところに、その模様の構成分子が再現していることから証明された。だが、三つの花の房と七枚の葉の組み合せをどれかひとつ選び、そこから右なり左なりに目を移そうとすると、とたんに彼はシャクナゲとカシの無意味なからみ合いのなかに迷いこんでしまうのだった。邪悪な意匠家《デザイナー》——精神の破壊者、熱病の友人——がかくも念入りに模様を解く鍵を隠したとすれば、その鍵は生命そのものと同じように貴重なものに違いないし、したがってそれが発見されればティモフェイ・プニンの日常の健康、日常の世界、が取り戻されるであろうことは火を見るよりも明らかで、この明快な——悲しいかな、あまりにも明快な——推論が、彼にその苦闘を固執させたのだった。

精神錯乱のような状態に移行しつつある困難な探索に加えて、学校、夕食、就寝時間などのような、ぞっとするほど厳重な時間の約束や取りきめに、自分は遅刻しているのではないかという気持が、不快なぎくしゃくした焦燥感をもたらした。花と葉はその複雑微妙な歪みをいささかも乱すことなく、一団となって波動しながら、薄青い背景から浮びあがって独立しているように見える。その背景も、紙のもつ平板さを失って深く深くひろがっていき、それを見る者の心臓はそのひろがりに反応してほとんど張り裂けんばかりである。彼は独立したその花模様のあいだに、子供部屋のなかの他のものよりも生き生きしている部分、ラッカー塗りの衝立、コップの微光、寝台の真鍮の握りなどをまだ見分けることができた。しかしそれらのものがカシの葉と美しい花の模様を相殺する度合いは、窓ガラスに映った家具の反射がその窓を通して知覚される外の景色を相殺する度合いよりも、はるかに小さかった。そして、それらの幻影の目撃者であり犠牲者である彼は、現実にはベッドのなかに押しこめられていたが、同時に、四囲の状況の二重性に符合して、緑色と紫色の公園のベンチに坐っていた。ほんの一瞬間、彼は捜し求めていた鍵を見つけた思いがして感動した。だが、遠くから風がさわさわと吹いてきて、シャクナゲ——いまでは花が散って見えにくくなっている——をざわつかせながら静かにその力を増し、ティモフェイ・プニンの周囲の事物がもっていた合理的な模様を残らず混乱させてしまった。自分は生きている。それだけで充分だった。彼が手足をだらりとのばして坐っているベンチの背は、彼の衣服や財布やモスクワの大火の年——一八一二年——と同じように、リアルに感じられた。

彼の目のまえの地面に、一匹の灰色《グレイ》リス[11]が気持よさそうに腰をすえて、桃のたねを珍し

11 大きな毛深い尻尾をもったリスの一種

そうに噛んでいる。風はしばらくやすんでいたが、やがて再び木の葉をそよがした。

発作はいささか彼を怯えさせ不安にさせていたが、もしこれがほんとうの心臓の発作であったら、自分はもっと混乱し不安になっていたはずだ、と彼は推論した。するとそのまわりくどい論法が完全に彼の恐怖を追い払ってくれた。時間は四時二十分になっている。彼は鼻をかみ、重い足取りでてくてく駅に向った。

最初の駅員が戻ってきていた。「あなたのカバンです。さあどうぞ」と彼は元気のいい声で言った。

「クレモーナ行きのバスに乗りそこなわれて、お気の毒でした」

「少なくとも」――われらの不運な友はその「少なくとも」という言葉にいかに威厳のある皮肉をこめようとしたことだろう――「少なくとも、あなたの奥さんのほうは大丈夫なんだろうね?」

「おかげさまで、心配はありません。明日まで待たなくちゃならんようですが」

「ところで」とプニンは言った。「公衆電話はどこ?」

男は囲いから離れずにできるだけ身をのりだして、外の横の方を鉛筆でさした。プニンはカバンを持って歩きかけたが、呼び戻された。鉛筆は今度は通りの方をさしている。

「ほら、トラックに荷物を積みこんでいる二人の男がいるでしょう。彼らはこれからクレモーナへ行くところです。ボッブ・ホーンに聞いたと言ってごらんなさい。乗せてってくれますよ」

3

小生もその一人なのだが、世のなかにはハッピー・エンドを好まない人たちがいる。騙《だま》されたような感じがするからだ。不幸が標準なのである。運命は即興的に曲を変奏してはならないのだ。恐怖におののく村落の数フィートうえのところで雪崩がその落下をとつぜん停止したとすれば、それは不自然であるばかりでなく道理に外れたふるまいである。もし小生がこの温和な老人の物語の著者ではなくて、読者であったならば、彼がクレモーナに到着した途端に、講演の期日が実は今日ではなくて来週の金曜日であることに気づく、といった方向に話をすすめてもらいたいと願うであろう。しかし実際には、彼は無事に到着したばかりか、晩餐にも間に合ったのである。それはフルーツ・カクテルで始まり、ハッカのゼリーを使った名のわからない肉の料理、チョコレート・シロップをかけたヴァニラ・アイスクリームで終った。晩餐のあとすぐに、甘いものに食傷し黒い背広を着こんだプニンは、三種類の書類をまさぐりながら、講演台のそばの椅子に坐った。彼は必要な書類がすぐに取り出せるように、三つとも上衣に押し込んでおいたのだ（数学的必然によって災難をふせいだのである)。講演台では、緑青色の人絹の服を着て、大きな平たい頬に美しいキャンデー・ピンクの紅《べに》をさした、老いることを知らぬ金髪碧眼の女ジューディス・クライドが、ふちなしの鼻眼鏡の背後で、輝く両の眼を青い錯乱にひたしながら、講演者を紹介した——

「今夜は」と彼女はしゃべり始めた。「今夜の講演者は……ついでながら、今日はわたくしどもの三度目の金曜日です。前回は、皆様よく御存知のように、中国の農業に関するムア教授の講演を拝聴いたしました。今夜お出で頂きましたのは、まことに光栄にも、ロシア生れでこの国に帰化された——さてこの発音が難問なのですが——プン=ニーン教授でいらっしゃいます。わたしの発音、まちがってないと思いますが、教授についてはもちろん御紹介する必要などほとんどありませんでしょう。わたくしどもは教授をお迎えしてみんなたいへん喜んでおります。おかげさまで、これよりわたくしたちは長い有意義な宵をすごすわけですが、みなさまはあとできっと教授にいろいろと御質問もおありのことと思います。ついでに申し添えさせていただきますと、父君はドストエフスキーの家庭医であったと聞いておりますし、また教授は鉄のカーテンの内外を何度も旅行なさっていらっしゃいます。したがいまして、みなさまの貴重な時間をこれ以上費やすのはやめにして、一言だけつぎの金曜日の講演についてつけ加えさせて頂きたいと思います。みなさまをびっくりさせるような素晴らしい贈物が用意してございますので、きっと喜んで頂けると確信しております。来週の講演者は、著名な詩人であり作家であるミス・リンダ・レイスフィールドです。彼女が詩と小説を書き、また短篇小説の作者でもあることは、みなさま御存知のとおりです。ミス・レイスフィールドはニューヨークで生れました。彼女の祖先は独立戦争のとき、父かた母かたそれぞれの側にたって戦いあったということです。彼女が最初の詩を書きましたのは大学卒業まえのことでした。彼女の詩の多くは——少なくとも三つは——『反響《こだま》——アメリカ女性による愛の叙情詩百選』に収録されております。一九二二年に彼女が受けとりました賞金は……」

しかしプニンは聞いてはいなかった。先ほどの発作から生じたかすかな波紋が、彼の注意をすっかり奪い彼を魅了していたのだ。その波紋は心臓収縮をときどきともないながら——最後の無害な反応だ——ほんのわずかな鼓動のあいだつづき、優れた女性司会者が講演台に彼を招いたとき、謹厳な現実へと還元していった。だがその波紋が続いていたあいだは、なんという澄んだ幻想に彼はひたっていたことだろう！　前列の座席の中央に、彼はバルト海沿岸の叔母のひとりを見た。あの偉大な大根役者コドトフの公演のとき、彼女はいつも真珠とレースと金髪のかつらを身につけていたのだが、今日もそれをつけている。彼女は正気を失うずっと以前から、あの役者を崇拝していた。叔母のとなりには、プニンの亡くなった恋人がつややかな黒髪の頭を傾けて、ビロードのような眉毛の下から茶色の優しい目を彼の方に輝かせ、プログラムを扇のかわりにあおぎながら、はにかみをおびた微笑を浮べて坐っている。旧友たち——かれらは葬られ、忘れ去られ、恨みもまだ晴らさず、清浄潔白で、不滅だ——の多くが、ミス・クライドのような新しい知人たちにまじって、薄暗い会場のあちこちにちらばっている。ミス・クライドはつつましやかに前列の自分の席に戻っていた。一九一九年、父親が自由主義者であったために、オデッサにおいて赤軍に射殺されたワーニャ・ベドニャシュキンが、会場のうしろから昔の同窓生に陽気に合図を送っている。目立たない場所に、パヴェル・プニン博士と心配そうな彼の妻がいた——二人とも多少ぼやけてはいるが、大体において、幽暗の淵から実にあざやかに浮びあがっているといわざるをえない。夫妻は、一九一二年、ナポレオンの敗北を記念する学校祭で、息子（眼鏡をかけた少年で、舞台にたったひとりで立った）がプーシュキンの詩を暗誦したあの晩と同じように、生命を焼き尽すほどの情熱と誇りとを持って、プニンを見上げている。

束の間の幻想が去った。隠退した歴史の老教授で『目覚めるロシア』（一九二二年）の著者であるミス・ヘリングが、うしろのほうから聴衆のうえに身をのりだすようにして、ミス・クライドの演説に敬意を表していた。もうひとりの目をきらきら光らせた老婦人が、ヘリング女史のうしろからしなびた両手を前方に突き出して、音を立てずに拍手していた。

第二章

1

ウェインデル大学の有名な鐘が、いっせいに朝の調べを奏でている最中だった。ウェインデルの教師であり、評判のいい講義といえば「身振り《ジェスチャー》の哲学」というのがあるだけのローレンス・G・クレメンツと、ペンドルトン[1]を一九三〇年に出た彼の妻ジョーンは、父親のもっとも出来のいい学生であった娘のイザベルを最近手離していた。大学三年のイザベルは、ある遠い西部の州で技術畑の仕事をしているウェインデルの卒業生と結婚したのである。

鐘は銀色の陽光のなかで音楽的に鳴り響いた。窓から見渡すウェインデルの小さな町――白い塗料と木立ちの小枝の黒い模様――は、まるで子供が描いた空間的な奥行きを欠く素朴な遠近画さながらに、黒ずんだ灰色の丘のほうへずっと伸びている。なにもかもが白い霜に美しくおおわれ、駐車している自動車の光る部品《パーツ》が明るく輝いている。ミス・ディングウォールの、いわば円筒形の小さな猪とでもいったようなスコッチ・テリアの老犬が、ウォーレン・ストリートからスペルマン・アヴェニューにかけての道を往復するという、

訳注
1　架空の女子大学名であろう

日課の散歩をはじめていた。だが、どれだけ親密な近所づきあいがあっても、どれだけ土や道をいじったり、手をかえ品をかえしてやってみても、季節を和らげることはできない。暫時の瞑想にふける休暇が過ぎ、あと二週間もすれば、学年は「春の学期」といういちばんわびしく冷たい時期に入るのである。クレメンツ夫妻は、体重を三分の一も減らした愚かものたるんだ皮膚やだぶだぶの衣服のように自分たちにまつわりついているように見える、古ぼけた、隙間風だらけの家のなかで、落胆し、心配し、淋しがっていた。イザベルはけっきょくのところまだ子供で気持もはっきりしていなかったし、また、夫妻が娘の嫁ぎ先の人々について知っていることといえば、貸ホールで、眼鏡をはずしてひどく心もとなさそうな花嫁のそばに、結婚式用の甘い極上の菓子のように並んでいた顔の群れだけだった。

鐘は音楽科の活動的なメンバーであるロバート・トレブラー博士の熱心な指揮のもとで、清らかな空になおも力強く鳴り響いている。金髪がいささか禿げあがり、病的なまでに肥満したローレンスは、オレンジにレモンという質素な朝食をとりながら、フランス文学科の主任の悪口をいっていた。その主任は、ゴールドウィン大学のエントウィッスル教授に引き合せるために、その晩、妻のジョーンが家に招待している人たちのひとりだった。「いったいどういうわけで」とローレンスはぷりぷり怒っている、「あのブロレンジみたいな奴を招待したんだ？　あんなひからびた大先生なんか、まったくうんざりだ」

「アン・ブロレンジが好きだからよ」とジョーンは幾度もうなずきながら、自分の好意を強調した。「俗っぽい老いぼれ猫！」とローレンスが叫んだ。「可哀そうな老いぼれ猫よ」とジョーンはつぶやいた——ちょうどそのとき、トレブラー博士が指揮をやめ、廊下の電話が鐘の音を引き継ぐように、鳴り始めた。

技術面からいえば、電話の会話を記述する小生の技術は、水がとても貴重な砂漠地帯の、哀れなロバが群がり、敷物を売る店が並び、回教寺院の尖塔や他国者やメロンなどが活気にあふれた朝の雑踏のなかの風物となっているような古い町の、狭い猥雑な路地のあちこちで、部屋から部屋、窓から窓へとかわされる対話を描写する技術よりも、まだはるかに遅れている。ジョーンがいつものように長い脚をてきぱきとすばやく動かして、いやおうなく人を呼びつけるその器械のところまで、ベルが鳴りやまぬうちにたどりつき、(眉をあげ、きょろきょろしながら) もしもしと言ったとき、彼女の耳に入ってきたのはうつろな静寂だった。聞えるものといえば、ひそやかな間断のない息づかいばかりだった。まもなく、「ちょっと待ってください」という外国なまりのあるよどみのない声——それはまったくさりげないいい方だった。それから相手はまた息づかいだけを続け、小冊子をめくるようなパラパラという音に合わせて、せきばらいをしたり、溜息さえついているらしい。

「もしもし!」彼女はくり返した。

「そちらは」とその声は用心深そうに言った。「ファイア夫人でいらっしゃいますか?」

「いいえ」とジョーンはいって、受話器をおいた。「それに」と彼女は元気よく台所に戻っていき、夫に話しかけた。ローレンスは妻が自分で食べようと思って調理したベーコンを試食していた。「ジャック・コッカレルがブロレンジのことを管理者としては一流だと考えていることは、あなたも否定できないでしょう」

「いまの電話は何だったんだ?」

「フォイア夫人だかフェイア夫人だかにかけようとしている人よ。ねえ、あなたはジョージのいうことを故意に無視して……」(ジョージとはクレメンツ家のかかりつけの医者であるO・G・ヘルム博士のことである。)

「ジョーン」とローレンスは言った。彼は乳白色に光るベーコンの薄切れを食べて、だいぶ機嫌をなおしていた。「ねえ、ジョーン、君は昨日マーガレット・セーヤーに下宿人をおきたいと話したんじゃなかったかね?」

「あら、そうだったわね」とジョーンはいった――すると、ありがたいことに電話がまた鳴りだした。「さきほどはどうもすみませんでした」とまえと同じ声がして、おだやかに話し始めた、「ついうっかりして、さっきは、自分に話をしてくれた人の名をいってしまいました。クレメンツ夫人でいらっしゃいますね?」

「ええ、クレメンツの家内ですが」とジョーンは答えた。

「こちらは――」ここで途方もない小さな破裂音がした。「わたしはロシア語の教授をしているものです。図書館でパート・タイムの仕事をしておられるファイア夫人が――」

「ええ――セーヤー夫人のことでしょう。では、部屋をごらんになりたいんですね?」

相手はそうだといい、約三十分後にそちらにうかがってもよいかと訊ねた。彼女はお待ちしておりますと答えて、ガチャンと荒々しく受話器を戻した。

「今度のは何だい?」と夫は自分の安全地帯である書斎にあがる途中で、階段の手すりにそばかすだらけのずんぐりした手をのせて、ふりかえりながら訊ねた。

「割れたピンポン玉。ロシア人よ」

「プニン教授だ! いやはや」とローレンスは叫んだ。『わたし、あの人をよく存じあげていますけど、とてもご立派な――』とくるよ。ぼくはあんな変人を家におくのは絶対おことわりだ」

彼は猛然とした態度で、重そうな足を二階に運んだ。彼女が下から呼びかけた――

「あなた、ゆうべの原稿は書きあげたの?」

「ほとんどね」彼は階段の角を曲ってしまっていた――彼の手が手すりにふれてきしるような音をたて、ついでそれを叩く音が彼女の耳にとどいた。「今日じゅうに書いてしまうつもりだ。その前にまず、あのいまいましいＥＯＳの試験の準備をしなけりゃならん」

ＥＯＳとは彼のもっとも重要な講義である〈認識論〉のことだった（十二人の学生が登録していたが、多少なりとも弟子といえるような学生はひとりもいない）。その講義はいつかは使い古される運命にあるつぎのような言葉で始まり、そして閉じられることになっていた――〈認識《センス》の発展とは、ある意味では、たわごと《ナンセンス》の発展である〉

2

それから三十分後、ジョーンがガラス張りのベランダの窓辺にある枯れかかったサボテンのむこうに眼をやると、磨きあげた銅製の地球儀のような頭の、レインコートを着た無帽の男が、のんきそうに隣りの美しいレンガ造りの家の玄関のベルを押しているのが見えた。男のかたわらには、スコッチ・テリアの老犬が彼と同じようにきさくな様子で立っていた。モップを手にしたミス・ディングウォールが出てきて、そのいかめしいのろまな犬を迎え入れると、プニンには羽目板造りのクレメンツの家を教えた。

ティモフェイ・プニンは居間でアメリカ人風に脚をくんで、腰を落ち着け、きかれもしないことをこまごまと述べはじめた。すなわち、彼は自分の履歴をかいつまんで話したのである――もっとも、かいつまんでというにはいささか長すぎたが。一八九八年ペテルブルグに生れたこと。両親はともに一九一七年に発疹チフスで死んだこと。一九一八年にキエフにいき、白軍に入隊、最初は〝野戦電話技手〟だったが、ついで陸軍情報局勤務となり、五か月同地で過したこと。一九一九年に、赤軍の侵入をうけたクリミアを去ってコンスタンチノープルに逃れたこと。大学教育を終了したのは――

「あら、同じ年にわたしもそこにいましたのよ、まだ子供でしたけど」とジョーンは嬉しそうにいった。「父が政府の使節としてトルコにいき、わたしたちも一緒にまいりましたの。もしかしたら、お会いしていたかもしれませんわね！　水はトルコ語で何というのか覚えていますわ。それから、バラの庭園があって――」

「トルコ語で水は『スー』です」とプニンは応急の言語学者ぶりを発揮し、魅力的な自分の過去を話し続けた。大学教育を修了したのはプラハだったこと。さまざまな科学研究機関に関係したこと。それから――「まあ、ごくかいつまんで申しあげれば、一九二五年からはパリに住んでいましたが、ヒットラーの戦争が始まると同時にフランスを離れました。いまはここに住んでいます。アメリカ市民です。そして、ロシア語などをここのヴァンダル・カレッジ[2]で教えています。身許照会でしたら、ドイツ文学科主任のハーゲン氏になんでもお聞きください。それとも、独身教員宿舎にでも」

「独身教員宿舎は居心地がよくなかったんですか？」

「人が多すぎるんです」とプニンは答えた。「せんさく好きな人たちばかりなんです。いまのわたしには特別のプライバシーが絶対に必要なのに」彼は不意に洞穴から出てくるよ

2　ウェインデルの発音を訛ったもの

うな音を発してこぶしのなかに咳をし（その音はなんとなくジョーンに、いつか会ったことのあるドン・コサック地方出身の教師のことを思い出させた）、それから思いきって切り出した、「申しあげておかなければならないのですが、わたしは歯を全部抜いてしまうことになっています。いやな手術です」

「どうぞ、二階におあがりください」とジョーンは明るく言った。

　プニンはピンク色の壁紙を貼り、白いひだ飾りで飾られたイザベルの部屋をのぞいた。空は一面プラチナ色なのに、さきほどからにわかに雪がふり始め、さらさら輝きながらゆっくりと舞いおりてくるものが、静まりかえった鏡に映っていた。プニンはベッドのうえのフッカー[3]の『猫と少女』と、書棚のうえのハント[4]の『行き暮れた仔山羊』とをていねいに検分した。それから、窓から少し離れた空間に手をかざした。

「室内の温度にはムラはないでしょうか？」

　ジョーンは急いで暖房装置《ラジエーター》に駆けよった。

「しゅうしゅう煮立つほど熱くなってますわ」と彼女は報告した。

「わたしがお訊ねしているのは——その、換気のことなんですが」

「ああ、それでしたらご心配いりませんわ。それから、こちらが浴室です——狭いですけ

3　十七世紀のフランダースの画家
4　十九世紀後半のイギリスの画家

ど、専用になってます」

「シャワーはないんですね?」とプニンはうえの方に眼をやりながら訊ねた。「たぶんそのほうがいいでしょう。コロンビア大学のシャトー教授というわたしの友人は、シャワーをあびようとして脚を二か所も折ったことがありました。ところで、いちばんかんじんなことなんですが、部屋代はどのくらいのおつもりでしょうか? と申しますのは、一日に一ドル以上はわたしには無理ですので——もちろん食費は別ですが」

「けっこうですとも」とジョーンは、彼女独特のすばやい快活な笑い声で言った。

その日の午後、プニンの教え子のひとりであるチャールズ・マクベス(「彼の書く文章から判断しますと、どうやら少し狂っているようですな」とプニンはいつも言っている)が、左側のフェンダーがとれた、病的なまでに深紅色の車で、嬉々としてプニンの荷物を運んできた。それから、最近開店したばかりだがあまりはやっていない小さなレストラン『卵とわれら』(プニンがその店をひいきにする理由は、もっぱらその店の不振にたいする同情からである)で早目の夕食をすませると、プニンは自分の新しい住居を〝プニン化〟する楽しい仕事に専念した。イザベルの青春は彼女とともにこの部屋から消え去っていた。あるいは、彼女の母の手によって根こそぎ取り去られてしまっていたといってもいい。しかし、彼女の少女時代の痕跡は、どういうものか少し残っていた。したがってプニンは、自分の精巧な太陽燈、セロテープで修理したこわれたケースに入っている大きなロシア語のタイプライター、十個の靴型を差しこんだ奇妙なほど小さい五足の美しい靴、昨年爆発してしまったのほど上等ではないコーヒー挽《ひ》き器と沸かし器を兼ねた器具、毎夜あきもせずに競争を続けている二つの目ざまし時計、七十四冊の図書館の本（主として、大学図書館によって頑丈に製本された古いロシアの雑誌類）、などを部屋のなかに安置するまえに、『国内鳥類図鑑』、『オランダ風土記』、『初級事典』（「科学的に精選された動物園、人体、農園、火災などの挿し絵を六百以上も収録」）といった六冊ほどの棄てられた本と、まんなかに孔のあいている木のビーズ玉一個とを、階段の踊り場にある椅子のうえにそっと運び出さねばならなかった。

ジョーンは〈哀れな〉という言葉を少々使いすぎる女だったが、この哀れな学者を今夜のお客と一緒に一杯やるように招待するつもりだと言明した。それにたいして彼女の夫は、自分も哀れな学者だし、もしも彼女がそのおどしを実行に移すなら、自分は映画を見にいってしまうと答えた。しかし、ジョーンが二階にいってその申し出をすると、プニンは自分はもうアルコールをやらないことにしているのですとあっさりいって、招待を断わってしまった。三組の夫婦とエントウィッスルがやってきたのは九時頃で、十時にはその小宴もたけなわになっていた。ちょうどそのとき、美しいグウェン・コッカレルに話しかけていたジョーンは、緑色のセーターを着たプニンが階段の上り口に通じる戸口のところに立って、彼女に見えるようにコップを高くさしあげているのにとつぜん気がついた。彼女は急いで彼の方に走りよった――それと同時に彼女の夫は、ほとんど彼女と衝突しそうになりながら、小走りに部屋を横ぎり、英文科主任のジャック・コッカレルの仕草を押しとどめ、やめさせにかかった。コッカレルはプニンに背を向けながら、例の有名な演技でハーゲン夫人とブロレンジ夫人を楽しませていたのである――彼はプニンの真似をするのが非常に上手で、その演技は大学内において、最高とはいえないにしても、最高の部類に属するものだったのだ。一方、その演技の原型はジョーンにむかって話していた、「浴室にあったこのコップは清潔ではありません。それから、ほかにも困ったことがあります。床からも壁からも風が――」しかし、四角ばった、愛想のいい老人であるハーゲンも、プニンの姿に気づいて、嬉しげに彼に挨拶を送っていた。次の瞬間、プニンの手にしているコップはハイボールにおきかえられ、彼はエントウィッスル教授に紹介されていた。

「こんにちは《ズドラフストヴーイチエ》、ごきげんいかがですか《カーク・パジヴァーイエチエ》、げんきです《ハラショー》、ありがとう《スパシーボ》」とエントウィッスルはロシア人の話し方を巧みに真似ながらぺらぺらとしゃべった――事実、彼は平服を着た愛想のいい帝政ロシアの陸軍大佐だといってもおかしくはなさそうだ。「ある晩、パリの」と彼は眼を輝かせて言葉を続けた、「キャバレー『隠れ家《ウガローク》』でこのロシア語の演技をしたところ、一団のロシア人の酔客たちは、わたしのことをアメリカ人のふりをしているロシア人だと思いこんでしまいましたよ」

「あと二、三年もすれば」と、最初の機会は逸したがすぐ次の機会をとらえてプニンがいった、「わたしもアメリカ人だと思われるようになるでしょう」ブロレンジ教授を除いた全員がどっと笑った。

「お部屋に電気ヒーターをおいれしますわ」とジョーンはオリーヴをいくつかプニンにすすめながら、そっと言った。

「どんな型のヒーターですか?」とプニンは疑わしげに訊ねた。

「あとでわかりますわ。ほかになにか?」

「ええ、音が騒がしいんです」とプニンは言った。「階下の音がそっくりぜんぶ聞えてくるんです。でも、その問題《こと》をいま話すのは適当ではないようですな」

3

お客たちは帰り始めた。プニンは清潔なコップを手にして、重い足を引きずるように二階にあがっていった。最後に玄関のベランダに出てきたのはエントウィッスルとクレメンツだった。闇夜のなかで、湿った雪が吹き寄せられて積っている。

「とても残念ですな」とエントウィッスル教授はいった、「ゴールドウィン大学にきて頂くのがとても無理だというのは。シュワルツも老クレイツも、みなあなたを心から尊敬している連中なんですが。ほんものの湖水もあります。なんでもそろっています。プニン教授に似た人さえわれわれのスタッフにはおりますよ」

「わかっています、わかっています」とクレメンツは言った、「そうしたお誘いを受けるのはありがたいんですが、もう遅すぎるんですよ。わたしはまもなく隠退するつもりです。それまでは、狭苦しく古ぼけてはいても住みなれた家にとどまっていたいんです。ところで」と彼は声を落した、「ムッシュー・ブロレンジをどうお思いになりましたか?」

「ああ、とても素晴らしい方だという印象を受けました。でも、あの人を見ているといろんな点で、シャトーブリアン[5]のことを有名な料理人頭だと思いこんでいたというフランス文学科の主任——たぶんそれは伝説上の人物なのでしょうが——その人のことを思い出しましたよ」

「気をつけてください」とクレメンツは言った。「その話はそもそもブロレンジから出たことで、それに、伝説なんかじゃなくてほんとうの話なんです」

5　十八世紀後半から十九世紀にかけてのフランスの政治家、作家。同時に、シャトーブリアンは料理の名でもある

4

翌朝、プニンはステッキをヨーロッパ風に（上下、上下と）振りながら、雄々しく町に向った。彼は途中でいろいろなものに視線を注ぎながら、抜歯という試練のあとでそれらを見たらどんな感じがするだろう、また、その試練の予期というプリズムを通して見たときの感じをあとで思い出してみたらどんなだろうと、哲学的な想像と推理をめぐらした。それから二時間後、彼はステッキにすがりながら、ぜんぜん何物にも目をくれず、とぼとぼと帰ってきた。ひどく痛めつけられてなかば死んでいた口腔が雪解けをはじめ、一筋の熱い苦痛の流れが、麻酔剤の凍結をじわじわと溶かしはじめていた。その後、彼は数日にわたって、自己の親しい分身の喪失を哀悼した。彼は自分がいかに失った歯を愛していたかを知って驚いた。よく肥えてすべすべしたアザラシのような彼の舌は、数日前までは、勝手知った岩礁のあいだを実に楽しげに這いまわりながら、相当くたびれてはいるがまだ頑丈な王国の外郭を点検したり、洞穴から入江に飛びこんで、岩の突端によじのぼったり、割れ目に鼻を突っこんで甘い海草の切れ端を発見したりしていたのである。だがいまや、取っかかりになるものはすべて失われ、残っているのはただ暗い大きな傷口――恐怖と嫌悪のためにとうてい調査する気になれない未知の歯肉の地帯だけだった。そして、義歯仮床がはめこまれたとき、まるで自分自身が、にやにや笑っている他人の顎をとりつけられた哀れな頭蓋骨の化石になったような感じがした。

予定通り講義は行わなかったし、彼にかわってミラーが施行した試験の監督にも出ていかなかった。十日間が過ぎた――すると急に、彼は新しい口腔の装置が好きになりはじめた。それは予想もしなかった新事実で、新しい門出《かどで》であり、しっかりと口いっぱいに収まった、能率的で純白で滑らかで慈悲深いアメリカそのものだった。夜はその貴重品を特別の液体の入った特別のコップにいれておいたが、それはその液体のなかでピンクと真珠色に光り、美しい深海植物の典型のように完全無欠な様子をして、ひとりほほえんでいた。彼が過去十年のあいだいつくしみつつ計画してきた古いロシアについての大作、すなわち、民間伝承と詩と社会史と逸話の理想的な素晴らしい集大成が、いまやついに達成されそうな気がした。それというのも、抜歯の結果、慢性の頭痛が去り、円形劇場に似た半透明のプラスチックの義歯が、いわばそのお膳立てをととのえてくれたように思われたからである。春の学期がはじまると、クラスの学生たちはプニンの変貌にいやでも気がついた。かくしゃくたるオリヴァー・ブラッドストリート・マン老教授著の『初級ロシア語』（実際には、いまは亡きジョンならびにオルガ・クロッキという病弱な二人の下働きが、その本をぜんぶ書いたのだ）のなかにある、たとえば「少年は乳母と叔父と一緒に遊んでいます」というような文章を学生が訳しているあいだ、プニンは鉛筆の先端の消しゴムで、ととのった、あまりにもととのいすぎた、門歯や犬歯をあだっぽく叩きながら腰をおろしていたのである。そしてある晩、書斎に急ぐローレンス・クレメンツを待ち伏せして、わけのわからぬ勝利の叫びとともに、プニンは義歯の美しさ、容易に取りはずしのできる便利さなどを披露し、あっけにとられてはいるもののけっしてそっけなくはないローレンスにたいして、明日になったら早速すべての歯を抜いてもらうようにと勧めたのだった。

「あなたもわたしのように改善された人間になりますよ」とプニンは叫んだ。

ローレンスとジョーンのために一言しておくが、まもなく二人は独特の美点を持つプニンの真価を理解するようになった。それも、プニンが間借人というよりも音の精《ポルタガイスト》[6]のような存在であったにもかかわらず、二人は彼に好意を抱くようになったのである。プニンは真新しいヒーターに取り返しのつかないような損傷をあたえてしまったが、かまいません、もうじき春ですから、と陰鬱そうに弁明した。彼は毎朝少なくとも五分間は階段の踊り場

6 不思議な音はこの精のしわざとされ、心霊現象の不可解な音の主と仮定される

に立って、ブラシをボタンにぶつけてかちかち音をさせながら洋服のちりを払うことに専念するという、はなはだ人を刺激する習慣をもっていた。彼はジョーンの洗濯機にたいして秘かな情熱をもやしていた。洗濯機に近づくのを禁じられていたにもかかわらず、その禁を犯しているところを見つかったこともしばしばだった。彼は礼儀も警戒心もすべてかなぐりすてて、ハンカチ、ふきん、自分の部屋からこっそり運びだしたひとかたまりのショーツやシャツなど、手もとにあるものを手あたりしだい洗濯機につっこんだ。その目的はといえば、旋回病にかかって際限なくぐるぐるまわるイルカの群れのような動きを、洗濯機の窓から眺めて楽しみたいというだけなのだ。ある日曜日のこと、彼は家に誰もいないことをたしかめてから、純粋な科学的好奇心にかられて、葉緑素《クロロフィル》の混入した粘土でよごれた一足のゴム底のズック靴をその強力な機械に入れてみた。靴は橋を渡る軍隊のような恐ろしい不協和音を発しながら姿を消し、ゴム底を失って戻ってきた。そのとき、ジョーンが食糧貯蔵室の背後にある小さな居間から出てきて、悲しげに、「またですの、ティモフェイ」といった。しかし彼女は彼を許してやり、台所の食卓で彼と一緒にクルミを割ったり、お茶を飲んだりするのだった。金曜日ごとにやってくる年老いた雑役婦のデズデモーナは、かつては神と毎日おしゃべりをしていたという黒人女だったが（「『デズデモーナ、あのジョージという男は駄目な人間だよ』って神様がおっしゃるだよ」)、たまたま、プニンがショーツと色眼鏡のほかはなにも身にまとわず、幅広い胸にギリシャ正教の十字架を輝かせながら、この世のものとも思われぬライラック色の太陽燈を浴びているのを垣間見て、それ以来、あの人は聖者だといいはっていた。ある日ローレンスが、屋根裏を巧みに改造した秘密の神聖なねぐらである書斎にあがっていったとき、まろやかな灯りの下で、プニンがずんぐりした上体を細い脚で支えながら、部屋の隅で静かに本を拾い読み《ブラウジング》しているのを発見してむっとした。「申しわけありません。草をはん《グレイジング》でいるだけです[7]」と、その穏やかな侵入者は高いほうの肩ごしにちらりと振り返っていった（彼の英語は驚くほどの速さで語彙を増しつつあった）。しかし、その同じ午後、たまたまある珍しい作家に言及したことから——それは話の中途で暗黙のうちにふと行われた言及で、いわばはるか水平線上にかすかに認められる奔放な帆船のようなものだった——知らず知らずのうちに二人のあいだにはやさしい精神的な和合が生じた。二人とも、純粋な学問という暖かい世界のなかでだけ、ほんとうにくつろぐことのできる人間だったのだ。世のなかには堅実人間と不条理人間がいるが、クレメンツとプニンは後者に属していた。それからというものは、戸口や踊り場、階段の上などで出会うと（階段の上で会ったときは、たがいに段の高さを変え

7 「拾い読み」（ブラウジング）の原義が草をはむことなので、それと間違えたもの

て、あらためて相手の方を振り返る)、あるいは、プニン的な表現を用いるなら、そのときの二人にとっては単なる移動空間にすぎないところの一室ですれ違ったときなど、二人はしばしば言葉をかわし、雑談するようになった。まもなく判明したことだが、ティモフェイはロシア人的な身振りやロシア人的な肩のすくめ方の、文字通りよく整理された百科事典であり、絵画的な身振りと非絵画的な身振り、国民的身振りと環境的身振りの哲学的な考察を進めているローレンスの研究にも寄与するところがあった。二人が伝説や宗教を論じあっている光景は非常に楽しい眺めだった。ティモフェイはけんめいになってなんとも名づけようのない身振りに熱中し、ローレンスはしきりに片手を上下に振る動作をくりかえした。ローレンスはロシア人の手の仕草のなかでティモフェイが枢要なものとみなしている動作をフィルムにおさめさえした。ポロシャツを着て、モナ・リザのような微笑を唇に浮べたプニンが、手に関して使われる二、三の動詞の基礎となっている動作、すなわち、いやになったからもうやめるという感じを表わす片手をぶらぶら下方に振る仕草、驚きをともなった嘆きを示すための両手を劇的にぱたぱたと振る仕草、それから分離的仕草——処置なしだからどうにでもなれということを表わすための両手を別々に動かす仕草、などをそれぞれ演じてみせたのである。そして最後にプニンは、国際的な人さし指を振る動作[8]

8 脅迫、警戒、たしなめなどの所作

において、「天の神様はちゃんと見てらっしゃるぞ！」ということを示すロシア人の厳粛な仕草が、フェンシングのときの手首の返しのような微妙な半旋回によって、空中に刑罰の笞を描くドイツ人の仕草、すなわち「いまにおまえはひどい目にあうぞ」という意味の仕草に変化するということを、非常にゆっくりした動作で表現した。「しかしながら」と冷静なプニンはつけ加えた、「ロシア人の抽象的なやり方は、具象的な形態を非常にうまく打ちこわすこともできるのです」

プニンは自分の無頓着な身なりの言い訳をしながら、そのフィルムを一群の学生たちに見せた。すると、比較文学を専攻している大学院のベティ・ブリスが――プニンは比較文学科でハーゲン博士の補佐をしていた――先生は自分がかつてアジア学科で見た東洋の映画のなかの仏陀そっくりだと語った。この二十九歳前後のふくよかで母性的な女ベティ・ブリスは、プニンの老いゆく肉体に突き刺さった柔らかなとげだった。十年まえ、彼女は美貌の卑劣漢を恋人にもっていたが、男はある淫奔女のために彼女を棄てた。その後彼女はある不具の男と、救いようのないほど入り組んだ、だらだらと長い、ドストエフスキー的というよりチェーホフ的な情事を体験したが、その男もいまは自分の看護婦だった、可愛いだけの安っぽい女と結婚していた。哀れなプニンは躊躇した。原則的には、けっして結婚を拒んでいたわけではない。新しい歯の栄光に包まれながら、彼はあるセミナーの時間に、ほかの学生たちが去ったあと、彼女と並んで坐り、「バラのなんとうるわしく、なんとさわやかだったことか」というツルゲーネフの散文詩を論じながら、彼女の手を自分の手のひらにのせ、軽く叩くということまでしたのである。彼女の胸は吐息ではりさけんばかりになり、握られた手はぶるぶる震えて、ほとんど読み終えることができなかった。「ツルゲーネフは」とプニンはその手を机の上に戻しながらいった、「あの醜悪な歌手のポーリーヌ・ヴィアルドーを崇拝して、彼女の意のままに身振り遊び《シャラード》や活人画で愚者の役を演じました。またプーシュキン夫人は、『あなたの詩はうんざりだわ』と夫に向っていいました。そして、巨人トルストイの妻は老年になって――なんということでしょう！――間抜けな赤鼻の音楽家を夫よりもはるかに好きになったのです！」

プニンから見て、ミス・ブリスのどこかに難点があったというわけではけっしてない。穏やかな老境を心に描こうとするとき、彼のためにひざ掛けを運んできたり、万年筆にインクをいれてくれたりする彼女の姿を、彼は充分に想像できたのである。彼はたしかに彼女が好きだった――しかし、彼の心は別の女のものだったのだ。

プニンがよくいうように、秘密は隠しおおせるものではない。学期なかばのある夜のこと、プニンは一通の電報を受けとり、少なくとも四十分間は部屋のなかを歩きまわった。そのときの哀れなわが友のあさましいばかりの興奮ぶりをご理解いただくためには、実は過去において彼が結婚したことのある人間だということを申しあげておかなければならない。クレメンツ夫妻が気持ちのよい暖炉の火に照らされながらチャイニーズ・チェッカー[9]に興じていると、プニンがばたばたと階段をおりてきて足をすべらせ、まるで不正の充満する昔の町の直訴人のように、二人の足もとに倒れそうになった。それでも、ようやく体の平衡をとりもどしたが、今度は火かき棒と火ばしにぶつかった。

「わたしがおりてきましたのは」と彼はあえぎながら言った、「お知らせするためというより、もっと正確に申しあげれば、土曜日に女性の客を連れてきてもよいかどうか、おうかがいするためです。もちろん昼間です。その女性は以前のわたしの妻で、いまはリーザ・ウィンド博士——精神病理学のほうで彼女の名前をお聞きになったことがあるかも知れませんが」

9 二人から六人でやる遊戯で、おはじきを向いの地点に移すことを目的とする

5

眼の輝きと形がふと溶けあって、われわれを魅了する愛すべき女が世のなかにはいるものだ。それも、おずおずとその眼を見たときにではなく、つれないその女が去って、不可思議な苦悩があとに残り、眼の残像が暗闇のなかに輝くそのときに、累積していた光が遅ればせにほとばしり出て、われわれの心を動かすのだ。現在ウィンドを名のっているリーザ・プニンがどのような眼をもっていたにせよ、その眼が真の秀れた価値を顕示してくれるのは、あとでそれを心に思い浮べてみるその瞬間だけのように思われた。そのときは、まるで陽光をあびた海のしずくがわれわれのまぶたのあいだに入りこんだかのように、眩惑的な緑青色《アクアマリーン》のうつろな濡れた輝きが、うちふるえながらこちらを凝視した。実際、彼女の眼は明るく透明な青色で、それと対照的にまつ毛は黒く、眼尻はあざやかなピンク色だった。そして、こめかみに向ってわずかにつりあがり、猫を思わせる一連の小じわが、扇形に広がっていた。つややかな額の上には、ふさふさとした黒褐色の髪があり、色白の顔はバラ色に輝いていた。口紅は非常に明るい赤色のを使っていた。手首と足首がいささか太いという点を除けば、その成熟しきった、とくに手入れがいきとどいているわけでもない活気にあふれた本質的な美しさには、ほとんど非のうちどころがなかった。

新進の青年学者であったプニンと、いまよりはあかぬけした美女だったが実際には現在とあまり変っていないリーザとがパリで出会ったのは、一九二五年頃のことである。彼はとび色の薄いあごひげをたくわえていた（現在では、もしもひげを剃らなかったら、白い剛毛が生えてくるだけである――哀れなプニン、哀れな白子《しらこ》のヤマアラシ！）。修道僧を思わせるこの薄いあごひげと、その上にある大きなつやつやした鼻と無邪気な眼とは、古いロシアの知識人の顔の典型だった。ヴェル・ヴェール街のアクサコフ協会でのささやかな仕事と、グルセ街のサウル・バグロフ経営のロシア書店での仕事が、彼に生計の資を与えていた。一方、二十歳になったばかりの医学生で、黒い絹のジャンパーと男仕立てのスカートが非常に魅力的なリーザ・ボゴレポフは、すでに、当時のもっとも前衛的な精神病理学者のひとりであったあの畏《おそ》るべき非凡な老婦人ロゼッタ・ストーン博士の管理するムードン療養所で働いていた。他にリーザは詩も――主としてたどたどしい短々長格《アナペスト》で――書いていた。事実、プニンがはじめて彼女に会ったのは、若い亡命ロシア詩人たちの夜の集《つど》いにおいてであった――充たされぬ蒼白の思春期に祖国を離れたかれら詩人たちは、こうした集いを催しては、祖国にささげる望郷の悲歌を詠唱するのだったが、かれらにとっての祖国とは、型にはまった悲しい玩具、屋根裏で発見された安ぴか物、ゆさぶると内部のミニアチュアのモミの木と張子の丸太小屋のうえにきらきら光る吹雪が静かにふりかかる仕掛けになっている水晶の珠、以外のなにものでもなかった。プニンは彼女にすさまじいラヴ・レター――それはいまある人の収集物《コレクション》として安全に保管されている――を書いた。リーザは自己憐憫の涙にあふれながらその手紙を読んだ。ちょうどそのころ彼女は、ある文士との愚劣な情事が原因の薬物自殺未遂からようやく回復しかかっているところだった。その文士はいまでは――。だがそんなことはどうでもいい。彼女の親友である五人の精神分析医が口をそろえて言った、「プニンがいい――それからすぐに赤ちゃんをつくるんだね」

リーザがプニンのうすぎたないアパートに移ったほかは、結婚によってかれらの生活様式はほとんど変らなかった。彼は自分のスラヴ研究を続け、リーザはサイコドラマの研究[10]と、春のノウサギのようにあたりかまわず抒情詩の生産をやった。（女流詩人アンナ・アフマトーヴァ[11]を模倣して）生みたかった子供のことや欲しかった恋人のこと、ペテルブルグのことなどを主題にしたが、そうした未熟な詩に現われる音調やイメージや直喩は、ど

10 社会測定学者モレーノの提唱したもので、心理学的治療のための診断技術のひとつ

11 主として一九一〇年代に活躍したロシアの詩人

れもみな他のヘボ詩人たちが以前に使用したものばかりだった。彼女の崇拝者のひとりで、芸術のひたむきなパトロンだったある銀行家が、パリ在住のロシア人のなかからジョルジーク・ウランスキーという有力な文芸批評家を選びだし、キャバレー『隠れ家《ウガローク》』での豪華な正餐とひきかえに、ロシア語新聞の次号の文芸欄でリーザの詩才を賞讃させた。ジョルジークはリーザの栗色の巻き毛の上に平然とアンナ・アフマトーヴァの花冠をのせてやり、リーザはしあわせの涙にかきくれたのであるが、それはどうみても、ミス・ミシガンかオレゴン州のバラの女王《クイーン》が選出されたような感じだった。事情を知らないプニンは、その恥知らずの賞讃文の切り抜きを折りたたんで手帳にいれて持ち歩き、汚れてすりきれてしまうまで、面白がっている友人のだれかれに無邪気に読んできかせた。だが彼はもっと重大な問題についても、事情を知らないでいた——一九三八年の十二月のある日、リーザがムードンから電話をかけてきて、彼女の「自我の本質」に理解のあるエリック・ウィンド博士という男とこれからモンペリエに行き、二度とティモフェイのもとには戻らないつもりだと告げたとき、彼は例の批評のすりきれた切り抜きをアルバムにはりつけていたのである。見知らぬ赤毛のフランス女がリーザの荷物をとりにきて、あんたはまったく甲斐しょうのない人だねえ、女に逃げられたりして、と言った。それから一月か二月して、ウィンド博士から同情と弁明を述べたドイツ語の手紙が舞いこんできた。そのなかで博士は、自分は「あなたの人生を離れてわたしの人生に入ってきた婦人」との結婚をこい願っていると、「親愛なるプニン氏」に誓っていた。もちろんプニンは、自分の命を棄てるのと同じくらい即座に、濡れた花の茎を切り取りシダを少しばかり添えて、離婚の同意を与えてやるつもりだった。春の雨が灰色と緑色のコントラストをあざやかに浮びあがらせるころ、土の香りのする花屋でよくやるように、いっさいのものをいさぎよくきれいに包んでくれてやるつもりだった。ところが、ウィンド博士にはよこしまな心をもった細君が偽の旅券で南米に住んでおり、自分自身の計画になんとか目鼻がつくまでは、他の厄介事はごめんだと言っていることが発覚した。一方、新世界はプニンにも誘いの手を伸ばし始めていた。ニューヨークにいる彼の親友のコンスタンチン・シャトー教授が、移民渡航のためのいっさいの助力を申し出ていたのである。プニンは自分の計画をウィンド博士に通告し、リーザのことが二〇二頁《ページ》にのっているある亡命者雑誌の最近号を彼女に送ってやった。ナンセン旅券(亡命ロシア人に発行された仮釈放証明書のようなもの)というあの惨めな代物《しろもの》の所有者たちのために、(ソ連の指導者がたいそう面白がった)ヨーロッパの官僚たちが考案した退屈きわまる手続きを、ようやくプニンがなかば終えたころ、すなわち一九四〇年のじめじめした四月のある日、戸口で威勢よくベルが鳴り、息を切らしたリーザがタンスのような妊娠七か月の腹をかかえて、ばたばたと駆けこんできた。そして、帽子を引きちぎるようにとり、足を蹴って靴を脱ぎすてながら、なにもかも間違いだった、これからはもう一度プニンの貞淑で正当な妻になり、彼のいくところならどこへでも――必要とあれば海を越えてでも――ついていく覚悟であると言明した。このころがおそらくプニンの人生でもっとも幸福な時期であったろう。重苦しい苦痛に満ちた永遠の幸福感が輝いていた。入国査証の取得、さまざまな渡航準備、ヤブ医者が服のうえから彼の調子の悪い心臓に見せかけだけの聴診器をあてた検診、アメリカ領事館で援助を惜しまなかった親切なロシア婦人(小生の親類である)、ボルドーへの旅、美しい清潔な船――すべてがまるでおとぎ話の世界にいるような感じだった。プニンは生れてくる子供を自分の子供として認知する覚悟をしていただけでなく、熱烈にそうすることを望んでいた。リーザは満ちたりた、どこか牝牛じみた鈍重な表情で、彼の開陳する子供の教育計画に耳を傾けた。彼には、赤ん坊の泣き声や、近い将来に発する最初の言葉などが、いまからすでに聞えるような気がしたのである。リーザは以前から砂糖の衣《ころも》をかぶせたアーモンドが好きだったが、いまではそれを信じられないほど大量に食べていた(パリからボルドーまでのあいだで二ポンドもたいらげた)。禁欲主義者のプニンは彼女のそのすさまじい食欲を、畏怖と喜びをこめて首を横に振ったり肩をすくめたりしながら見まもっていた。そして、アーモンド糖果の絹のようななめらかな光沢は、彼女のピチピチした肌、顔色、整った歯ならびなどの記憶といつまでもまじりあって、彼の心のなかに残った。

いささか失望させられたことには、彼女は乗船するとすぐに、大洋のうねりにちらりと目をやって、「あら、つまんないのね、失礼するわ」と言うと、すばやく船の内部にひきあげてしまい、航海のほとんどを船室にあおむけになって過したのである。彼女はプニンの船室の相客である無口な三人のポーランド人——レスラーと庭師と理髪師——の饒舌な妻たちと一緒だった。航海の三日目の晩、リーザが寝てしまったあともずっと社交室《ラウンジ》に残っていると、以前フランクフルトのある新聞の編集長をしていたという男にプニンはチェスの試合を申しこまれ、快く応じた。その元編集長はタートル・ネックのセーターに太いゆるやかな半ズボンをはき、憂鬱そうなたるんだ目をした、長老といった感じの男だった。彼もプニンもけっして上手ではなく、たがいに戦いぶりは派手だったが、理に合わない駒の失いかたをする悪癖があった。どちらも勝つことばかりに気をとられすぎていたのだ。それに、プニンの奇妙なドイツ語(「そちらがそうすりゃ、こちらはこうやり、桂馬がはねる」）は勝負の運行にいっそう活気をあたえていた。まもなく、もうひとりのドイツ人の船客が近づいてきて、失礼ですが、勝負を拝見してもいいでしょうか？と言って、二人のかたわらに腰をおろした。その男は赤味がかった髪を短く刈りこみ、紙魚《しみ》のような長い青白いまつ毛をして、みすぼらしいダブルの上衣を着ていた。元編集長がもったいぶった熟考をしたあと、上体を乗り出して突飛な指し手をするたびに、その男はくっくっと声を押し殺して、頭を横に振った。この有用な見物人は明らかにその道の達人だったが、ついに我慢しきれなくなったらしく、同国人の元編集長が動かしたばかりの歩をもとのところに押し戻し、そのかわりに飛車をふるえる人さし指でさし示した。すると元編集長はただちにその飛車をプニンの陣地のふところに乱暴に侵入させた。われらの主人公はもちろん敗北を喫し、社交室を離れようとしたところ、その男があとを追ってきて、失礼ですが、あなた、つまりプニンさんに、ちょっとお話し申し上げたいことがあるんですが如何でしょう？（「そら、わたしはあなたのお名前も存じあげているんですよ」と彼は自分の有用な人さし指を上にあげて、つけくわえた）と言い、バーでビールを一杯やりませんかと誘った。プニンが誘いに応じ、二人のまえにジョッキが置かれると、その礼儀正しい見知らぬ男はつぎのように言葉を続けた、「チェスと同じように人生においても、常に人の動機や意図を分析するのは重要なことです。この船に乗船したその日は、わたしはいたずらを企んでいる子供のような気持でした。でも翌朝になってわたしは、機敏な夫ならば――これはお世辞ではなく、過去をかえりみての仮説なのですが――いずれは船客名簿を調べるに違いないと心配になり始めました。いまでは良心が咎《とが》めて、自分のやましさを思い知らされています。もはやこれ以上の欺瞞には堪えられません。乾杯。これはわがドイツのおいしいビールに比べれば問題になりませんが、それでもコカ・コーラよりはましです。わたしは実はエリック・ウィンド博士です。残念ながら、あなたのご存知ない名前ではありません」

プニンは黙って顔をひきつらせ、片方の手のひらを濡れたカウンターの上にのせたまま、坐り心地のよくないマツタケ型の椅子から、ずるずるとぎこちなく腰をずらし始めていた。だが、ウィンドはその長い敏感な五本の指で彼の袖口を押えた。

「放してください、放してください」とプニンは泣かんばかりの声をあげ、博士のおもねるような柔らかい指を振りきろうとした。

「おねがいです!」とウィンド博士は言った。「公正になってください。囚人は最後の言葉を残すものです。それは囚人の権利なんです。ナチスでもそのことは認めています。まず第一に――あの婦人の渡航費の少なくとも半分は、わたしに払わせてください」

「おお、やめてください、やめてください。こんな悪夢のような話はやめにしましょう」

「どうぞご自由に」とウィンド博士は言って、身動きできないでいるプニンにつぎの点を銘記させた。第一に、すべてはリーザの発案であったこと――「問題を簡単にするためなんですよ、われわれの子供たちのためにね」（その〈われわれ〉という語は三人のことをいっているように聞えた）。第二に、リーザは重病人として取り扱うべきこと（妊娠は実は死への願望が昇華したものなのだから）。第三に、自分（ウィンド博士）はアメリカで彼女と結婚するつもりであること――「わたしもアメリカにいくんです」と博士は事情を明確にするためにつけくわえた。第四に、せめてビール代は自分（ウィンド博士）に払わせてもらいたいこと。そのときを境として、いまや航海は輝かしい緑色と銀色から一面の灰色に変ってしまったが、プニンは最後まで、表面上は英語の練習に没頭した。そしてリーザに対しては相変らず柔和な態度をとっていたが、彼女に怪しまれないですむ程度に、できる限り顔をあわさないように努めた。ときどきウィンド博士がどこからともなく姿を現わし、遠くから会釈と励ましの合図を送った。そしてついに、朝もやのなかから自由の女神像が立ち現われ、その周囲には、呪文で縛られたような青白いビルの群れが、いまにも日光を浴びて輝き出しそうになりながら、（自然資源や砂漠の蜃気楼の頻度などの）比率を示す棒グラフの、あの高さのふぞろいな神秘的な長方形の列となってそびえていた。そのときウィンド博士は決然とした態度でプニン夫妻のそばに歩みより、自分の名を名乗った――「なぜなら、わたしたちは三人とも、すっきりした気持で自由の国に入るべきですから」そしてエリス島での感傷的な滞在ののち、ティモフェイとリーザは別れた。

いろいろとごたごたがあったが、結局ウィンドはリーザと結婚した。アメリカにきて最初の五年のあいだ、プニンは幾度かニューヨークで彼女を見かけた。彼とウィンド夫妻とは同じ日に帰化していた。一九四五年プニンがウェインデルに移ってからは、手紙の交換もなく、出会うこともなく六年の歳月が流れた。しかし、ときおり彼女の噂は耳にしていた。最近（一九五一年十二月）、プニンの友人のシャトーが、アルビーナ・ダンケルバーグ博士とエリック・ウィンド博士とリーザ・ウィンド博士の共同執筆になる『結婚《マリッジ》カウンセリングにおける集団心理療法』という論文の載っている精神医学雑誌を一部彼のところに送ってきた。プニンは以前からリーザの「愚鈍心理的《プシハアシリーニエ》」な関心にはいつも困惑を感じていたが、そんなことには無関心であってしかるべき現在でさえも、憐れみと反撥のまじった心の痛みを覚えるのだった。エリックとリーザは計画出産センター付属の研究所で、あの偉大なバーナード・メイウッドのもとで働いていた――メイウッドは温和な巨人のような人物で、順応性に富むエリックは彼のことを〈ボス〉と呼んでいる。エリックは自分および妻の庇護者であるメイウッドの支援を受けて、センターへ相談にくる人たちのなかから、感じやすくて愚かな連中の幾人かを心理療法のわな――一種の婦人社交会に似た〈緊張解放〉サークル――に誘いこむという巧妙な計画（たぶんそれは彼の創案ではないだろう）を実行した。すなわち、八人一組の若い既婚婦人たちを、たがいに姓ではなく名を親しく呼びあうようなうちとけた雰囲気のなかで居心地のいい部屋にくつろがせ、医師は彼女たちの方を向いて机のまえに坐り、秘書が目立たぬようにノートをとる態勢でいると、精神障害をこうむったときのさまざまなエピソードが彼女たちひとりひとりの子供時代から死骸のように浮び出てくるのである。こうした会合では、婦人たちはたがいに自己の夫婦生活上の障害について腹蔵なく語り合うように要求されていたが、その記録はもちろん、彼女たちの配偶者についての報告書とあとで照合されることになっている。夫たちは夫たちで、特別な〈ハズバンド・グループ〉として、葉巻や解剖図をたがいに回しあいながら、同じようにうちとけた会合をもたされるのである。プニンは具体的な報告や事例の説明はとばして読んだ――またそんなバカ騒ぎの詳細をいちいちここで述べる必要もまったくない。女性グループの第三回目の会合においてすでに、某夫人は帰宅して救いの光を見たことを報告しており、その新発見の感激を、まだ障害から解放されてはいないものの恍惚と聞きほれている他の仲間たちに向って描写するとき、(「ねえ、うちのジョージったら、ゆうべ……」といった調子の)復活の喜悦がその報告書に鳴り響いていたとだけ申し上げれば、それで充分だろうと思う。しかも、それでおしまいというわけではなかった。エリック・ウィンド博士はさらに、それらの夫や妻を一堂に集めて合同のグループをつくる方法を案出しようと考えていた。ついでながら、彼とリーザが〈グループ〉という語に舌つづみを打っているのを聞くのは、虫酸《むしず》が走るような感じだった。悩めるプニンにあてた長い手紙のなかで、シャトー教授はウィンド博士がシャム双生児をも〈グループ〉と称していると述べていた。事実、進歩的で理想主義的なウィンドは、シャム双生児から成る世界、解剖学的に結合した共同体で構成される世界、どこにでも通じる一個の肝臓の周囲にすべての国家が建設されているような幸福な世界、を夢見ていた。「それは一種の共産主義的ミクロ世界以外のなにものでもありません。だいたいあの精神医学などと称するものは、どうして人びとの秘かな悲しみをそっとしておいてはやらないのでしょう? 悲しみこそはこの世で人びとがほんとうに所有している唯一のものではないでしょうか?」とプニンはシャトー教授への返信のなかで不満を述べた。

6

「ねえ」とジョーンは土曜日の朝、夫にむかって言った、「わたしはティモフェイに今日の午後二時から五時まで、あの人たち二人だけで家を使ってもいいと話すことに決めたわ。わたしたちはあの可哀そうな人たちにできるだけ機会を与えてあげるべきよ。わたしは町で用がありますし、あなたを図書館でおろしてあげますわ」

「あいにくだが」とローレンスは答えた、「ぼくは今日は図書館に連れてってもらうつもりは全然ないし、どこかに出かける予定もない。それに、二人が再会するのに、部屋が八つも必要だなんてことはありえないよ」

プニンは新しい茶色の背広(クレモーナでの講演の謝礼で買った)を着て、『卵とわれら』で急ぎの昼食をすませると、雪がところどころに残っている公園を通りぬけて、ウェインデルのバス停留所まで歩いていったが、バスが着くまでにはまだ一時間近くもあった。彼は、なぜリーザが急に彼に会いたがっているのか、その理由を考えてみようとはしなかった。彼女は、息子が秋に入学することになっているボストン近郊の私立学校聖バーソロミュー学園を訪問した帰りに、彼に会いたいと言ってきたのである。彼の心にあることといえば、幸福の洪水が泡だって水かさを増し、目に見えない堤防がいまにも崩れ落ちそうになっているということだけだった。彼は五台のバスを見送った。一台到着するたびごとに、彼はリーザが他の乗客たちと一緒に列をつくっておりようとしながら、窓ごしにこちらに手を振っている姿をはっきり見てとったように思った。だが、バスはつぎつぎに空《から》になっていったにもかかわらず、彼女は現われなかった。とつぜん、彼は背後にリーザの朗々と響く声(「こんちは、ティモフェイ!」)を聞いた。あわてて振りむくと、絶対に彼女が乗ってくるはずがないと決めこんでいたグレイハウンド・バス[12]から、リーザがおりてきた。わが友はどのような変化を彼女のうちに発見できただろうか? いや、いったいどんな変化がありうるというのだ? 彼女はそこに現実の姿を現わした。彼女は昔からどんなに寒さがきびしいときでも、いつも暑がって浮き浮きしている女だった。いまもアザラシの毛皮のコートのまえを広くはだけて、ひだ飾りのついたブラウスをのぞかせながら、プニンの頭を抱きしめた。彼は彼女の首筋にグレープフルーツのような香りをかぎ、つぶやき続けた、「うん、うん、よし、よし、うん、うん」——それはただ心臓の鼓動が言葉になっているだけだった——すると彼女が叫んだ、「まあ、新しくて素晴らしい歯になったのね!」

12 アメリカ国内を網の目のように走っている長距離バス会社のバスの名

彼は彼女に手をさしのべてタクシーに乗せた。彼女のすけて見える明るい色のスカーフがなにかにひっかかり、プニンは舗道で足をすべらせてころんだ。「あわてないでくださいよ」とタクシーの運転手が言い、彼女の鞄を彼から受けとった。以前にも、これと同じことがまったく同じ順序で起ったことがある。

車が公園通りを走りだすと、彼女は話しはじめた。聖バーソロミュー学園というのは純英国式の私立学校なのよ。いいえ、なにも食べたくはないわ。お昼にオールバニーでたくさん食べたから。それはとても素晴らしい《ヴェリ・ファンシー》学校で——彼女はここのところは英語で言った——生徒たちは室内でテニスみたいなゲームをやってるし、あの子と一緒のクラスになるはずの生徒に……（リーザはなにげないふりを装って、ある有名なアメリカ人の一家の名をあげたが、それは詩人の名でも大学総長の名でもなかったので、プニンにとってはなんの意味ももたなかった）。「ところで」とプニンは相手の話をさえぎり、頭をかがめて指さしながら言った、「ちょうどここから大学の構内《キャンパス》の一部が見えるよ」これもみな（「ええ、見えるわ。よく見えるわ、どこにでもあるようなキャンパスね」）、これもみな、メイウッド博士のおかげなのよ、奨学金のことも含めてね（「ねえ、ティモフェイ。いつかあなたにも博士にお礼の手紙をひとこと書いていただきたいわ」）。校長先生というのは牧師さんで、メイウッド博士がその生徒だったときにもらったトロフィーをいくつも見せてくださったわ。エリックはもちろん、ヴィクターを公立の学校にやりたかったのよ。でも、結局わたしのほうが勝ったわ。校長のホッパー牧師の奥様は、英国のさる伯爵の姪にあたられる方よ。

「さあ、着いたよ。これがわが御殿《パラッツォー》だ」とプニンはおどけて言った。彼はリーザのやつぎばやな話に注意を集中していることができなかった。

二人は家のなかに入った。ふいに彼は、あれほど激しい憧れをもって待ち望んでいたこの日が、あまりにも早く過ぎていく――どんどん過ぎて、数分後には過ぎ去ってしまいそうな気がした。リーザが彼に対する頼みごとというのをすぐにでも話してくれれば、おそらく時間はその歩みをゆるめ、ほんとうに楽しくすごすことができるだろうに、と彼は思った。

「まあ、気味の悪い家だこと」と彼女は言って、電話のそばの椅子に坐り、オーバーシューズを脱いだ――ああ懐かしいその身のこなし！「あの尖塔を描いた水彩画を見てごらんなさい。この家の人たちって、きっとぞっとするような人たちに違いないわ」

「いいや」とプニンは言った、「彼らはぼくの友だちだよ」

「まあ、ティモフェイ」と彼女はプニンに二階へ案内されながら言った、「もともとあなたにはひどい友だちがいましたからね」

「ここがぼくの部屋だ」

「ティモフェイ、あなたの汚れのない清らかなベッドに休ませて頂くわ。そして、さっそく詩をいくつか聞かせてあげましょう。ああ、いやらしい持病の頭痛がまた起ってきそうだわ。一日じゅう、とてもいい気持だったのに」

「アスピリンならあるよ」

「んーん」と彼女は言ったが、この習いおぼえた否定の仕方は、彼女の母国語とは対照的に、妙に耳ざわりに響いた。

彼女が靴を脱ぎ始めたので、彼は横を向いた。靴が床に倒れ落ちる音が、遠い昔のことを思い出させた。

彼女はピンク色をした片手で両眼をおおいながら、仰向けに横になった、黒のスカート、白いブラウス、褐色の髪……。

「万事うまくいってるのかい?」と、プニンは暖房装置のそばの白い揺り椅子に深々と腰をおろしながら訊ねた（ぼくに対する頼みごとというのはいったいなんだろう、それを早く言ってくれればいいのに！）。

「わたしたちの仕事はとても面白いわ」と、目をおおったまま彼女は言った、「でも、実をいうと、わたしはもうエリックを愛していないのよ。わたしたちのあいだはだめになってしまったの。それに、エリックは自分の子供が嫌いだし。彼が言うには、自分は〈陸の父〉で、あなたは〈水の父〉なんですって、ティモフェイ」

プニンは声をあげて笑いだした——笑いころげて、やや子供むきのその揺り椅子が体の下できしんだ。彼の目は星のようにきらめき、すっかり濡れていた。

彼女は一瞬そのふっくらした手の下からさぐるように彼を眺め、再び言葉を続けた——「エリックのヴィクターに対する態度はまったくかたくなで、感情が閉塞しているの。きっとあの子は夢のなかでなんどもエリックを殺しているに違いないと思うのよ。それに、わたしはまえから気がついていたんだけど、エリックの場合、言葉に表わして話をすると、問題がはっきりするどころか、かえって混乱してしまうの。彼はとてもむずかしい人間だわ。あなたのサラリーはどのくらいなの、ティモフェイ?」

彼は教えてやった。

「そう」と彼女は言った、「たいしたことはないわね。でも、いくらか貯金はできるでしょう。生活費にそれだけかかるってことはありえないもの、あなたはとてもつつましい方だから」

黒いスカートの下でぴっちりとガードルで締めつけられた彼女の腹部が、無言の、くつろいだ、悪意のない、昔を偲《しの》ばせるような皮肉《あてこすり》をこめて、二度か三度ぴくりともちあがった——プニンは、官能的な恍惚とした喜びにひたりながら、鼻をかみ頭を横に振った。「わたしのいちばん新しい詩を聞いてちょうだい」と彼女は言いながら、仰向けに体をまっすぐ伸ばして、両手を両脇においた。そして、太く低い声を長々とのばしながら、リズミカルに朗詠し始めた——

わたしは黒っぽい服を着て
尼僧よりもつつましやかだ。
象牙の十字架が
わたしの冷たいベッドを見おろしている。

でも、神話の酒神祭《オージー》の火が
わたしの忘却のなかに燃えさかり、

わたしはジョージという名をつぶやく
あなたの素晴らしい名を!

「彼はとても面白い人よ」と彼女は間をおかずに言葉を続けた。「実際のところ、ほとんどイギリス人みたいだと言ってもいいわ。戦争中は爆撃機に乗っていて、いまは証券会社に勤めているんだけど、会社は彼に対して同情ももっていないのよ。古い家柄の出なの。彼のお父さんという人は夢想家で、水上娯楽館《カジノ》や、そのほかにいろいろもっていたそうよ。でも、フロリダでユダヤ人のギャングたちに破産させられてしまい、人の身代りになって自分から監獄にいったんだって。英雄の家柄なのね」

彼女はちょっと言葉を切った。白粉を塗った彼女の音管の震動音は、この小さな部屋の静寂を破るというよりも、むしろそれをいっそう強めている感じだった。

「わたしはエリックに実状を率直に報告したの」と、リーザはため息をつきながら話を続けた。「いまでは彼は、もしもわたしが協力するなら、かならずわたしを治療することができるって言ってるわ。でも残念なことに、わたしはゲーオルゲー(ジョージ)にも協力しているんだわ」

彼女はジョージという語をロシア語式に、gを硬音で、eをやや長めに発音した。「エリックがうまいことを言ってたけど、ほんとうにこれが人生なのね。あなた、クモの巣があんなに天井からぶらさがっていて、よく眠れるわね」彼女は腕時計を見た。「あら大変、四時半のバスに乗らなくちゃ。すぐにタクシーを呼んでちょうだいね。わたし、あなたにとても大切な話があるの」

そうら、やっときたぞ——こんなに遅くなって。

ティモフェイ、あの子のために毎月少しずつ貯金をしてくださらない?——だって、バーナード・メイウッド博士にはいまはこれ以上頼めませんもの——わたしだっていつ死ぬかもしれないし——それにエリックときたら、なにが起ろうとまったく無関心だし——誰かがあの子にときどきお金を送ってやらなきゃいけないの、母親からの送金のようにしてね——お小遣いってわけなのよ——まわりの子供たちはみんなお金持でしょ。あなたに住所《アドレス》や詳しいことを書いた手紙を出すわ。わたし、あなたがとても優しい人だってことを一度だって疑ったことはないわ。ところでと、化粧室はどこ? それから、電話をかけてタクシーを呼んでくださる?

リーザにコートを着せようとして、いつものようにプニンが渋面をつくりながらわかりにくい袖ぐりをさがしていると、彼女は手をばたばた振りながら言った、「いわなくてもいいことかもしれないけど、ねえ、ティモフェイ、その茶色の背広は失敗だったわね。紳士は茶は着ないものよ」

彼は彼女を見送ってから、公園を抜けて帰ってきた。彼女の無情さ、卑俗さ、人を眩惑する青い眼、くだらない詩、太い脚、不純な乾ききったさもしい子供じみた心——すべてが昔のままだった。ふと彼は考えた——もしも人間が天国において再び結ばれるのだとしたら（そんなことを自分は信じているわけではない、仮定の話だ）、どうやってあの女のひからびた救いようのない片輪の魂が、自分に忍びよってくるのを防いだらいいだろう？だが、ここは現世であり、奇妙なことに、自分はまだ生きている。そして、自分にもまた人生にも、なにかしら意味がある……。

プニンは思いがけなくも（と言うのは、絶望が偉大な真理の発見を誘発することは稀有のことだからである）、もう少しのところであわや森羅万象の解明に成功するところだったが、ある緊急の用件のためにそれは中断された。木の下にいる一匹のリスが、小道を歩いてくるプニンを見ていたのである。その利口な動物は、巻きひげのようにしなやかに身をさっとひねって、飲用噴水のふちにかけあがり、近づいてくるプニンに向って卵形の顔を突き出しながら、ぺちゃぺちゃと耳ざわりな音を発し、頬をふくらませた。プニンは了解して、ちょっとまごついたのち、どこを押せば必要な結果が得られるのか、ようやくさぐりあてた。喉の乾いたリスは、軽蔑の眼差しを彼のほうに向けながら、きらきら光る太い柱となって噴出してくる水をすぐに味見《あじみ》し、それからかなり長いあいだ飲み続けた。「たぶん熱があるんだな」とプニンは思いながら、静かにさめざめと泣いた。そのあいだじゅう、じっと自分に注がれている不愉快なリスの視線をできるだけ避けながら、噴水のボタンを丁寧に押し続けていた。喉の渇きがいやされると、リスは感謝のしるしをみじんも見せずに、去っていった。

〈水の父〉はそのまま歩き続け、小道のはずれまでくると、観音開きの窓に深紅色のガラスがはまった丸太小屋風の小さな酒場のある脇道に入っていった。

7

袋にいっぱいの食物と二冊の雑誌と三個の包みを持って、五時十五分過ぎにジョーンが帰宅したとき、玄関の郵便箱に娘からの航空速達便が入っていた。イザベルが、アリゾナでの新婚旅行ののち夫の郷里の町に無事に着いたと短い手紙で知らせてきて以来、すでに三週間以上もたっている。ジョーンは手にかかえた荷物を適当にあやつりながら、手紙の封を破った。バラ色の幸福があふれ出しそうな手紙だったが、彼女はそれを文字通り信じた。安堵の輝きのなかでなにもかもが少し浮遊しているように思われた。玄関のドアの外側を手さぐりしたとき、プニンの鍵が彼のお気に入りの内臓のように革のケースがついたまま錠からぶらさがっているのを発見して、ジョーンはちょっと驚いた。彼女はその鍵を使ってドアをあけた。家のなかに入ったとたん、食糧貯蔵室のほうから、食器棚をかたっぱしからあけたり閉めたりしている騒々しい音が聞えてきた。

彼女は台所の食器台に袋と包みをおき、食糧貯蔵室のほうに向って訊ねた、「なにをさがしていらっしゃるの、ティモフェイ?」

彼は悲しげに顔を紅潮させ、眼をぎらぎら光らせながら出てきた。涙もぬぐわずにくしゃくしゃになっている彼の顔を見て、彼女はびっくりした。

「ウィスキーとソーダをさがしているんです」と彼は悲しげに言った。

「ソーダはなかったんじゃないかしら」と、彼女はアングロ・サクソン特有の透徹した自制心を見せて答えた。「でも、ウィスキーなら、食堂の飾り棚《キャビネット》にたくさんおいてありますわ。だけど、熱いおいしいお茶をご一緒に頂きましょうよ」

彼はロシア式のあきらめの身振りをした。

「いいえ、なにも欲しくありません」と彼は言って、大きなため息とともに、食卓に向って腰をおろした。

彼女は彼のとなりに坐って、買ってきた雑誌の一冊をひらいた。

「絵でもご覧にならない、ティモフェイ」

「いいえ、見たくありません。ご承知のように、わたしにはどれが広告で、どれが広告でないのか、さっぱり見当がつかないのです」

「気を楽にもってのんびりしてくださいな、ティモフェイ。わたしが説明してあげますわ。ほら、ご覧なさいな——わたし、これが好きだわ。とても気がきいてる。二つのアイディアを結びつけたのね――無人島と悩ましき女の子。ねえ、ご覧になって、ティモフェイ」――彼は仕方なくしぶしぶと読書用の眼鏡をかけた――「これはヤシの木が一本だけ生えている孤島。こちらはこわれた筏《いかだ》よ。これは難破した水夫と、彼が助けた船の猫ね。それから、ほら、この岩のうえには……」

「ありえないことです」とプニンは言った。「そんなちっぽけな島、しかもヤシの生えている島が、そんな大海に存在するはずがない」

「でも、ここに存在してるわ」

「ありえない孤立です」

「そうよ、でも……それは少し身勝手だわ、ティモフェイ。精神の世界は論理との妥協のうえに成立するというローレンスの説に異存のないことは、あなたご自身充分に承知してらっしゃるくせに」

「それは条件つきでですよ」とプニンは言った。「第一に、論理そのものが……」

「わかったわ。冗談なのに、わたしたち少し脱線したようね。さあ、絵を見ましょう。これが水夫で、これが猫。それから、人魚がものほしそうにそのまわりをうろついてる。ほら、水夫と猫のうえにある雲みたいなものを見てごらんなさい」

「原子爆弾の爆発だ」とプニンは悲しそうに言った。

「いいえ、全然違うわ。もっとずっと滑稽なものよ。いいこと、このまるい雲のかたまりは、水夫と猫の考えがそれぞれ投影したものなの。さあ、ここがいちばん面白いところよ。水夫は人魚に二本の脚があるものと想像し、猫は人魚のことをまるっきり魚だと思っているのよ」

「レールモントフは」とプニンは二本の指をあげながら言った、「たった二篇の詩のなかで、人魚のすべてを表現しました。わたしは自分が幸福なときでも、アメリカ人のユーモアはとても理解できません。申し上げなければならないのですが……」彼はふるえる両手で眼鏡を外し、雑誌を肘でわきに押しやると、片腕に頭をのせて、声を押し殺しながらむせび泣きはじめた。

彼女は玄関のドアが開きそして閉る音を聞いた。そのあとすぐに、ローレンスがおどけた顔で、台所をそっとのぞいた。ジョーンは右手で彼を追い払い、同時に左手で、包みのうえにある多彩なふちどりの航空便の封筒を指さした。彼女の顔に一瞬浮んだ秘かな微笑が、イザベルの手紙の内容を要約していた。彼はその手紙をつかみ、おどけた表情を顔から消して、忍び足で出ていった。

プニンの不必要なほどがっしりした両肩は震え続けた。ジョーンは雑誌を閉じ、しばらくのあいだ表紙をじっと眺めていた――おもちゃのように元気な小学生たち、イザベルとハーゲン家の子供、いぜんとして休職中の日よけの樹木、白い尖塔、ウェインデルの鐘。

「奥様は戻ってきたいとはおっしゃらなかったんですの?」とジョーンは優しく訊ねた。

プニンは頭を腕にのせたまま、軽く握ったこぶしで食卓を叩き始めた。

「わたしにはもうなにもない」とプニンは大きく鼻をすすりあげながら、泣き叫んだ、「わたしにはもうなにも残されてはいない、なにもないんです!」

第三章

1

ウェインデル大学で教鞭をとっていた八年間に、プニンは――あれこれの理由、たいていは騒々しいという理由で――ほとんど毎学期、下宿を替えていた。次から次へと替った部屋の数々をいま思い起してみると、まるでどこかの家具店に品種別に展示してある肘かけ椅子、ベッド、スタンド、炉辺などが、時空を越えて淡い光のなかに溶けあい、店の外では粉雪が舞い、夕闇が深まり、愛情の欠落した人間関係が支配しているような心象風景が頭に浮ぶのだった。ウェインデル時代の部屋は、ニューヨークの山の手の住宅地区で借りていた部屋に較べると、ことのほかこざっぱりしているように思えた。ニューヨークの方は、セントラル・パークとリヴァーサイド（プニンの発音だとツェントラル・パークとリーヴァーサイド）の中間[1]にある一区画《ブロック》にあったが、そこは記憶に残っているものといえば道ばたに散らかった紙屑や、誰かがすでに踏んづけてすべった犬の糞や、高い茶色のベランダの階段にボールをぶつけて遊んでいる元気な少年ぐらいのものだった。もっとも、その部屋にしても（打ちつけられては撥《は》ねかえる小さなボールが未だに脳裡に焼きついて

訳注
1　リヴァーサイドはマンハッタンの西端を南北に走っている街路

いる)、プニンには、あのナンセン旅券をもって中央ヨーロッパを流浪した時代の古ぼけて、いまはもう埃にまみれたものとしてしか思い出せない下宿の数々に較べれば、文句なくきれいなものだった。

だが、年をとるにつれて、プニンは好みがやかましくなった。諸設備が完備しているだけでは、もはや満足できなくなった。大学はそれ自体小さい静かな町だったし、丘陵地帯の窪地にあるウェインデルヴィルは、いっそう静かなところだった。だが、プニンにとって、どんなところでも静かすぎるということはなかった。たとえば、最初ここで暮すようになったころには、大学講師のための独身寮に入っていたが、これは設備がよく考えてあって、いくらか共同生活の煩わしさはあったものの（「どうだい、プニン、ピンポンでもやらないか?」「いや、ぼくはもう子供の遊びは卒業だ」)、非常にいい所だったのだが、ある日、工夫たちがやってきて、街路——「プニン市ブレインパン街」を鑿岩機《さくがんき》で掘り起しては埋め、掘り起しては埋めはじめ、何週間も、瘧《おこり》にかかったようにやみくもに掘り進んでは、呆けたように休むの連続で、かれらがうっかり埋没させてしまった貴重な道具は二度とふたたび見つかりそうにはなかった。それからまた（特に神経にさわった例を一、二あげると)、ウェインデルヴィルで借りた、あの騒音の遮断性にすぐれているように見えたデュークス・

ロッジはどうだったか。なるほど、あの部屋はうれしくなるような密室だった。だが、毎晩毎晩、階上から水洗便所の音が滝のように流れ落ちて来たり、ドアを騒々しくあけたてする音が聞えてくるうえに、二個の巨大な原始人の石像が歩いているのではないかと思われるような大きい足音がするのだった。その音は、実際に階上の住人に会ってみると、その華奢《きやしや》な体のつくりからはとうてい想像もできないほどだった。なぜならその二人は美術学科のスター夫妻で（「ぼく、クリストファーです。こちら、ルイーズ。どうぞよろしく」）、ドストエフスキーとショスタコーヴィッチにいたくご執心の、虫も殺さぬような、おとなしい夫婦だったからだ。それからまた、別のアパートにいたときは、ロシア語をただで習おうという了見で飛びこんでくる者もなく、ずっと居心地のいい部屋（書斎・寝室兼用）だったが、ひとたびウェインデル独特の怖るべき冬将軍がその快適さを侵しはじめ、肌を刺すような隙間風が窓からばかりでなく、便所や電気のコンセントからも入ってくるようになると、部屋は一種狂乱状態というか、形容を絶した錯乱状態を現出した。その根源は、いつまでも絶えることのないつぶやきのようなクラシックがかった音楽で、奇妙なことにプニンの銀メッキの暖房器のなかにひそんでいるもののようだった。プニンは、まるでそれが籠に閉じこめられた鳴き鳥ででもあるかのように、毛布でくるんで息の根を止めてしまおうとしたが、その歌声は執拗に鳴りやまず、やがてセーヤー夫人の老母が病院にかつぎこまれて死んでしまうと、それを機に暖房器は今度はカナダ方言のフランス語を喋りはじめたのだった。

プニンはまた別のタイプの部屋もいくつか借りてみた。つまり個人の家の貸し間で、これはそれぞれ多くの点でちがう持ち味をもっていたが（たとえば、全部が全部、羽目板張りというわけではなく、中には化粧しっくいを、少なくとも部分的に、塗ったものもあった）、一つだけいずれにも見られる共通の点があった。つまり、どの家にも、居間か階段の踊り場にしつらえられた書棚に、ヘンドリック・ヴィレム・ヴァン・ルーン[2]とクローニン博士[3]の著書が申し合せたように必ず置いてあることだった。この両者は、時には一群の雑誌や豪華な装幀の歴史小説、また時にはガーネット夫人[4]の翻訳物などがあいだに割って入っているために（そして、そういう家のどこかにはきまって、ロートレックのポスターが貼ってあるものだ）、隣り合せではないかもしれないがきまって顔を見せており、大勢の客でごったがえすパーティーで二人の旧友が出会ったときのように、「やあ」と柔和な眼差しをたがいに交わしているのだった。

2　オランダ生れのアメリカの著述家・ジャーナリスト。『人類の歴史』などで有名

3　スコットランドの医者で、『城砦』や『天国への鍵』などのベストセラー作家として有名

4　ドストエフスキーなどロシア文学の翻訳で知られたイギリス人

2

プニンはしばらくのあいだ、大学の独身寮にもどったことがあるが、それと同時に街路を掘り起す工夫たちも再び姿を見せ、その他、わずらわしい問題もいくつかもちあがった。現在のところ、プニンはずっとクレメンツ家の二階の、ピンク色の壁紙を貼り白いひだ飾りで飾られた寝室を借りているが、これは彼が心から気に入って、一年以上も腰を落ち着けている最初の部屋だった。そして、前の住人がその部屋に残していった痕跡をいまはもうすっかり拭い去ってしまっていた――少なくとも、そう思っていた。というのは、ベッドの頭板《あたまいた》のうしろの壁におかしな顔がイタズラ書きされていることや、戸口の柱に一九四〇年の四フィートから始まって、身長を測ったあとが半ば消えかかりながらいくつか鉛筆で記入されていることにはまだ気づいていなかったし、今後も気づくことはおそらくあるまいからである。

このところ一週間以上も、プニンはこの家をひとりで預かっていた。それというのも、この家の奥さんのジョーンが、結婚して西部に住んでいる娘のところへ飛行機で会いに行ってしまったのと、その二、三日後に、ご亭主のクレメンツ教授が、春の学期の哲学の授業が始まったばかりだというのに、奥さんから電報で呼ばれて、これまた西部に飛んで行ってしまったからである。

わが友プニンは、これまで絶えて欠かしたことのないミルクを主体にした朝食を、ゆっくりと楽しんでしたためると、九時半に、いつものように大学に歩いて出かける準備をした。

彼がオーバーを着るときの、ロシアのインテリ階級らしい身のこなしは、思っただけでもほほえましい。頭を前にかたむけてそのみごとな禿げあがりぶりを明示しながら、「不思議の国のアリス」が会った公爵夫人のようないかついあごで、胸のうえで重ね合せた緑色のマフラーをずれないようにしっかりと押えつけ、広い両肩をぐいとゆすると、一度で両方の袖口に手が通り、もうひとゆすりすると首尾よくコート着用ということになるのである。

書類カバンを手にとり、その中身をあらためると、彼は家を出た。

ベランダを離れて数歩も行かぬうちに、ふと、次の借り手が待っているので至急返却してくれと大学図書館から催促されている本のことを思い出した。しばし、プニンはどうしようかと心に決めかねて迷う。自分だって、まだあの本は借りていたいのだ。だが、根が心優しいプニンは、矢のような催促をしている（誰だか知らぬ）研究者の心情には大いに心動かされ、結局、分厚くて重いその本を取りに戻らないわけにはいかなくなった——一九四〇年モスクワとレニングラードで出版された『ロシア古典文学全集』の第十八巻——主としてトルストイの作品集——を。

3

英語の発音にあずかる器官といえば、喉頭、軟口蓋、唇、舌（一座のなかの道化役《パンチネロ》）、それに他におとらず大切な下顎である。授業中、ロシア語の文法やプーシュキンの詩などを英語に翻訳するとき、プニンは主として下顎にすごい力をこめて反芻《はんすう》的に動かしながら発音するのだった。かりにプニンのしゃべるロシア語が音楽的であるとするならば、彼の英語は殺人的と称してもよかった。とくに口蓋音化を避けるのが大の苦手で、母音の前にくるtやdの音がどうしてもロシア語式に訛ってしまって、奇妙に軟らかいしめったような響きになる。彼にかかると、hatという語は破裂的に聞え、もう少し母音を短くすると、ふつう一般にアメリカ人が発音するhotという語（たとえば、ウェインデルの町の人たちのこの語の発音はまさにその典型である）と大して変りなく、結局ドイツ語の動詞hatにとてもよく似た発音になる。長母音のoも、きまって短母音のようになるから、noという語は完全にイタリア語のように聞え、そのうえに彼は、この短い否定語を三度くり返して言うくせがあるので、余計めだってしまう（「車に乗りませんか、プニンさん」「ノ、ノ、ノ、すぐそこですから」)。彼にはまたウーという長母音が存在しない(それどころか、その事実に気づいてさえもいない)から、noonという必要があるときでも、せいぜいドイツ語のnunのようになってしまう(「火曜のアフタヌンにはわたしは授業がありません。今日は火曜です」)。

その通り、今日は火曜日だった。だが何日なのだろうか? たとえばプニンの誕生日は旧太陽暦《ユリウス》の二月三日で、一八九八年のその日にペテルブルグで生れた。だが彼は今では誕生日を祝わない。一つには、ロシアを去って以来、新太陽暦《グレゴリオ》のために誕生日がずれたからであり(十三日、いや十二日遅いのだ)、それに、学校の授業があるあいだはつとめて私事は避けることにしていたからである。

黒板が白墨のためにぼやけているので、プニンはしゃれて灰色板と称したが、そのうえに彼はある日付を書いた。曲げた腕に、彼は『ロシア古典文学全集』の重みをまだ感じていた。黒板に書きつけた日付は、ウェインデルにおけるこの日の日付とはなんの関係もなかった。

一八二九年十二月二十六日

彼は黒板に穴をうがつように、白く大きな終止符を念入りに書き、そのしたに次のようにつけ加えた。

ペテルブルグ午後三時三分

フランク・バックマン、ローズ・バルサモ、フランク・キャロル、アーヴィング・D・ハーツ、美しく知性的なマリリン・ホーン、ジョン・ミード・ジュニア、ピーター・ヴォルコフ、アラン・ブラッドベリー・ウォルシュらは、うやうやしく黒板に書かれた字をノートにとった。

プニンはひとり悦にいりながら、机のうしろに再び腰をおろした。彼は学生たちにこれからある物語を話そうとしていた。愚劣なロシア文法書に記されている語句（「騒がしい街をさまよい歩くとも」）は、実はある有名な詩の冒頭の句だったのだ。初級ロシア語クラスでは、プニンはロシア語の練習だけに専念することになっていたが（「おかあさん、電話ですよ！　騒がしい街をさまよい歩くとも。ウラジオストックからワシントンまで五千マイル」）、彼はあらゆる機会を捕えては、文学と歴史の旅へと学生たちを誘《いざな》うのだった……。

八つの四歩格四行連句で構成される詩のなかで、プーシュキンは、絶えず自分がもっている性癖――どこにいようとも、何をしていようとも、けっして自分から離れることのなかったあの病的な性癖のことを語っている。その性癖というのは、死について思いをめぐらし、過ぎゆく一日一日を綿密に調べては、その不可思議さのなかから、ある「未来の記念日」、すなわち、いつかどこかで彼の墓石のうえに記されるはずの日付を発見しようと試みることだった。

「『そして運命はどこへ私を導いていくのだろうか?』未完了相の未来ですね」と調子ののったプニンは頭をうしろにそらせ、熱弁をふるいながら、勇敢にも直訳を続けていった、「『戦っているときの死、あるいは、旅路もしくは海における死であろうか?　それとも、近くの渓谷《デール》[5]が――ドリーナと同じ語ですね、今では谷間《ヴァリー》というほうが普通でしょうが――私の冷えきった骸《むくろ》を受けいれるのだろうか?』『冷えきった骸《むくろ》』というのは、『冷たい遺骸《なきがら》』と訳したほうがいいかも知れません。『そして、感覚のない遺骸《なきがら》に対しては非情であるとしても……』」

5　ロシア語の渓谷

　プニンは最後まで訳すと、まだ手に握っていた白墨で、黒板の文字を芝居がかった身振りでさしながら、プーシュキンが、その詩を書いた日付や時刻にいたるまで、いかに注意深く記しておいたかを述べた。

「しかし」とプニンは勝ち誇ったように叫んだ、「彼は全然別の日に、まったく違う日に、死んだのです。彼が死んだのは――」彼が威勢よく寄りかかっている椅子の背が、バリバリという不吉な音を発した。すると、無理もない学生たちのこれまでの緊張がほぐれて、大きな若々しい笑い声に変った。(いつだったか、どこかで――ペテルブルグ？　それともプラハ？――道化役者のひとりが、ピアノを弾いているもうひとりの道化の椅子を引いてしまったことがある。だがその道化は、椅子がないのに、着席の姿勢でそのままとぎれることなくラプソディーを弾き続けた。あれはどこだったろうか？　そうだ、ベルリンのブッシュ・サーカスだった！)

4

初級のクラスが解散し、上級クラスの学生がぼつぼつ入ってくるあいだ、プニンは教室にそのまま残っていた。彼の研究室は別の階の、大きな反響音のする廊下の端の、教員用便所の隣りにある。『ロシア古典文学全集』の一巻は彼の緑のマフラーになかば包まれて、その部屋のファイル・ケースのうえにおいてあった。一九五〇年までは（いまは一九五三年である——時のたつのはなんと早いことか！）、彼は若手の講師のひとりであるミラーとドイツ文学科の一室を共有していたが、その後、専用の研究室を与えられた。その部屋は以前は物置きだったが、いまでは完全に改造されている。春のあいだ、彼はその部屋を丹誠こめてプニン化した。最初はみすぼらしい二つの椅子、コルクの掲示板、管理人が忘れていった床用ワックスのカン、えたいの知れない木材でできた粗末な両袖机しかなかった。彼は魅惑的な錠前装置のついた小さな鋼鉄製のファイル・ケースを管理部からせしめてきた。ミラー講師はプニンの申し出に応じて、組立式の書棚のプニンの部分を引き渡してくれた。プニンが良くも悪くもない平凡なひと冬（一九四九－五〇年）を過した白い木造家屋の持主のマックリスタル老夫人からは、色あせたトルコじゅうたんの成れの果てを三ドルで購入した。管理人の助けを借りて、机の片側にねじで鉛筆削り器をすえつけた——それは、ティコンドゥローガ・ティコンドゥローガ、と音をたててまわりながら、鉛筆の黄色い上塗りとその下の甘美な木を食べていき、ついには、生きとし生けるものの最後と同じく、音もなくくるくると虚空を回転することで終る、実に申し分のない、高度に哲学的な器具なのである。プニンはそのほかに肘かけ椅子や丈の高いフロア・スタンドなど、もっと野心的なものも予定していた。だが、夏季講習の授業でワシントンに出かけ、夏の終りに研究室に戻ってみると、肥満した犬が彼のじゅうたんのうえに寝そべっており、彼の家具は部屋の片すみに押しやられて、すばらしいステンレス・スティールの机と、それに釣り合う回転椅子とが入っていた。そして、海を渡って赴任してきたばかりのオーストリア人の学者ボードー・フォン・ファルテルンフェルス博士がその回転椅子に坐って、ものを書きながらひとりでにこにこ笑っていた。それ以後、プニンに関するかぎり、その研究室は魅力のないものになってしまった。

5

正午になると、プニンはいつものように手と頭を洗った。

彼は研究室で自分の外套とマフラーと本と書類カバンを手に持った。ファルテルンフェルス博士はものを書きながらほほえんでいた。サンドウィッチの包みが半ば開かれている。犬はもう死んでいない。プニンは暗い陰気な階段をおり、彫刻博物館を通りぬけた。人文学部の建物——といっても、そこには鳥類学や人類学も含まれていたが——その建物は、ややロココ式の、すかし模様をあしらった回廊によって、食堂と教員クラブのある隣りのレンガ造りの建物フリーズ・ホールとつながっていた。回廊の最初の部分はのぼり斜面になっており、それから急角度で曲ると、相も変らぬポテトチップスのにおいや悲しい栄養食のほうへ、曲りくねって下っている。夏には、回廊の四目垣は風にそよぐ花でいっぱいになるが、いまは、はだかの垣を肌を刺すような冷たい風が吹きぬけていた。回廊が分岐して学長館のほうに向うところに、涸れた噴水があるが、誰かが赤い手袋の片方を拾って、その噴水孔のうえにのせていた。

プア学長は背の高い、動作の緩慢な、黒眼鏡をかけた初老の男で、二、三年まえから視力を失いはじめ、いまではほとんど盲も同然だった。だが彼は、秘書である彼の姪によって、太陽の運行のように規則正しく、毎日フリーズ・ホールに案内されてきた。彼は古武士のような威厳のある姿で、自分だけの暗闇のなかを動きながら、目に見えない午餐に近づいてくる。ずっと以前から、みんなはその悲劇的な入場の光景を見慣れていたが、それでも、彼が彫刻を施された自分の椅子に導かれ、食卓の端を手さぐりで捜しているあいだ、必ずちょっとした沈黙がその場を支配した。彼のまうしろの壁に、藤色のダブルの背広を着て赤褐色の靴をはいた彼が、リヒャルト・ワグナー、ドストエフスキー、孔子の三人から巻物を手わたされ、それを輝く赤紫色の眼で凝視している図が描かれていたが、実在の彼の背後にその図があるのは奇妙な感じだった。それは、食堂の四方の壁に歴史上の有名な人物とウェインデルの教授陣が勢揃いしているところを描いているラングの一九三八年の有名な壁画に、十年まえ美術科のオレグ・コマロフが描き添えたものだった。

プニンはその同国人オレグ・コマロフに訊ねたいことがあったので、彼の隣りに坐った。このコマロフという男はコサックの息子で、非常に背が低く、頭髪を短い角刈りにし、しゃれこうべのような鼻孔をしていた。彼の細君セラフィーマは大柄の、モスクワ生れの快活な女で、チベットのお守りを銀鎖につけて柔らかい豊満な下腹のあたりまでいつも垂れ下げている。夫妻はときどき、ロシア風の前菜、ギター音楽、多少インチキくさい民謡などで、ロシア式のパーティーを開いたが、そういったときに、内気な大学院の学生たちはウォッカを飲むことや、そのほかの陳腐なロシアの習慣を教わるのだった。パーティーのあとで、つっけんどんなプニンに出会ったりすると、セラフィーマとオレグは（彼女は天に目を向け、彼は片手で目をおおいながら）、自己満足的な感謝の気持に打たれながら、そっとささやくのだった、「ああ、わたしたちはなんと多くのものをかれらにあたえていることだろう！」——「かれら」とはもちろん暗愚なアメリカ人たちをさしている。まやかしの華美を誇るコマロフ夫妻は、どちらも反動主義とソ連崇拝との混合であったが、そのことを理解できるのはロシア人だけだった。二人にとって理想のロシアとは、赤軍、神権帝王、集団農場、人知学《アンスロポソフィ》、ロシア教会、水力電気のダム、などから成り立っていた。プニンとオレグ・コマロフとのふだんの間柄は、かろうじて衝突を押えているという状態にあったが、顔を合わさないわけにはいかなかったし、また、コマロフ夫妻を「上流人士」とみなし、滑稽なプニンの所作を真似して笑っているアメリカ人の同僚たちは、オレグ・コマロフとプニンとが非常に仲の良い友達同士だと信じこんでいた。

なにか非常に特殊な判定方法でも用いないかぎり、プニンとコマロフのどちらが相手よりも英語が下手かを判断するのは、非常にむずかしいだろう。おそらくプニンのほうかもしれない。しかし、年齢、一般的な教養、わずかばかり早くアメリカの国籍を取得したことなどの理由から、プニンは、コマロフがしばしば犯す英語の誤りを訂正する権利があると思っていたし、コマロフは、プニンの骨董的自由主義よりも、そのことのほうを憤慨していた。

「なあ、コマロフ」――(いささか非礼な話しかけ方である)――とプニンはロシア語で言った。「この学校でこの本を読みたいと思う人間は、君以外には考えられない。ぼくの教えてる学生なんか、見向きもしないだろう。もし君だとしたら、なぜ君がこの本を読みたいのか、ぼくにはわからないな」

「読みたくなんかないさ」と、コマロフはちらりと本を見ながら言った。「ぜんぜん興味はないね」と彼は英語でつけくわえた。

プニンは唇と下顎を黙って一、二度動かし、なにかいおうとしたが、けっきょく、口には出さず、サラダを食べ続けた。

6

火曜日なので、プニンは昼食が終るとただちに自分の気に入りの場所に歩いていき、夕食の時間までそこにとどまっていることができた。大学図書館は独立していて、ほかのどの建物とも回廊でつながってはいなかったが、プニンの心だけは図書館と密接につながっていた。彼は初代学長アルフィーアス・フリーズの大きな青銅の像のまえを通りすぎた。スポーツ帽をかぶり半ズボンをはいて青銅の自転車のハンドルを握りしめているその像は、左のペダルに永久に固着している左足の位置から判断して、いままさに自転車に乗ろうとしている姿を永遠に保ち続けているのだった。サドルのうえや、悪戯者が最近ハンドルにくっつけたぶざまなバスケットのなかに、雪がつもっていた。「悪い奴らだ」とプニンは憤慨しながら首を横に振った。そして、斜面になった芝生の裸のニレの木のあいだを蛇行しながら下っている道の敷石のうえで、ちょっと足をすべらせた。彼は右の小脇に抱えた大きな書物のほかに、左手には中央ヨーロッパ風の古い黒色の書類カバンをもっていたが、そのカバンの皮製の取っ手をリズミカルに振りながら、自分の書物、書庫、ロシア学の宝庫、をめざして進んでいった。

鳩の群れが灰色に舞いあがり、白く羽ばたいては再び灰色にもどりながら、図書館のうえの澄んだ青白い空を楕円形に旋回している。遠方で列車が、ステップ草原[6]の列車のように、悲しげに汽笛をならした。一匹の貧弱なリスが、日に照らされた雪の吹きだまりのうえをさっと走っていった。ガサガサと活気のある音をたてながら裸の姿を空中にそびえさせている樹木の影は、芝生のうえでは黄緑色だが、雪のうえでは灰色がかった青色に変っていた。そして、三度目の最後の旋回をしている鳩の群れが、梢をかすめて通過した。リスは木のまたに体を隠して、自分を木から追い出して捕えようとするゴロツキどもをペチャクチャ罵っていた。プニンは黒くよごれた氷のはっている敷石のうえでまた足をすべらし、けいれんしたように思わず片腕を空中に投げだして、体のバランスを取り戻した。そして、さみしそうな微笑をもらしながら身をかがめ、ロシアの牧場のスナップ写真の頁《ページ》が開いている『ロシア古典文学全集』を拾いあげた。その写真は牧場を横切ってカメラのほうに歩いてくるレフ・トルストイを写したもので、彼の背後の長いたてがみをした数頭の馬も、カメラマンのほうを無邪気に振り向いていた。

戦っているとき、あるいは旅路もしくは海においてであろうか？　それとも、ウェイン

6　シベリアなどにある大草原地帯

デルの校庭においてか？　プニンはコテージ・チーズの薄片がこびりついている義歯を静かに鳴らしながら、すべりやすい図書館の階段をのぼっていった。

老齢の大学教師の多くに見られるように、校庭であれ、廊下であれ、あるいは図書館においてであれ、プニンもずっと以前から、授業のとき以外は、学生の存在を気にとめなくなっていた。最初は、哀れな若い頭を腕にのせ、知識の廃墟のなかでぐっすり眠りこんでいる学生を見ると、ひどく心が乱れたものである。だがいまでは、女子学生のきれいなえり首にときどき目がいく以外は、読書室では誰の姿も目に入らなかった。

セーヤー夫人が貸出しの机のところに坐っていた。彼女の母はクレメンツ夫人の母親と従妹同士だった。

「こんにちは、プニン先生？」

「こんにちは」

「ローレンスとジョーンはまだ帰っておりませんでしょうね？」

「まだです。このカードを受け取ったので、本を返しにきたのですが――」

「可哀そうに、イザベルはほんとうに離婚するのかしら？」

「そのことは聞いておりません。ちょっとおうかがいしたいのですが――」

「もしあの人たちがイザベルも一緒に連れて帰ってきたら、わたしたち、貴方のお部屋を別に見つけなくてはなりませんわね」

「あの、ちょっと、お訊ねしたいことがあるんです。昨日受け取ったこのカードですが——本の請求者が誰だかわかりますか?」

「調べてみましょう」

彼女は調べた。請求者はティモフェイ・プニンであることが判明した。第十八巻が先週の金曜日に彼によって請求されたのである。その第十八巻がすでにプニンその人に貸し出されていたのも疑いのない事実だった。彼はクリスマス以来それを借り出しており、現にいま、先祖伝来の治安判事の肖像のように、その本のうえに手をおいて立っているのである。

「そんな馬鹿な!」とプニンは叫んだ。「わたしが金曜日に請求したのは、一九四七年の第十九巻で、一九四〇年の第十八巻ではないんです」

「でも御覧なさい、先生は第十八巻とお書きになっていますわ。いずれにしても、十九巻は現在まだ整理中です。十八巻は続けてお借りになりますか?」

「じゅうはち、じゅうらく」とプニンはつぶやいた。「たいした違いじゃない! 年のほうはちゃんと正しく記入した、重要なのは年なんだ! はい、十八巻はまだ借りておきます

――十九巻が利用できるようになったら、もっと能率的なカードを送ってください」

　彼はぶつぶつ不平の声をもらしながら、その重い、きまりの悪そうな第十八巻を自分のいつもの席にもっていき、マフラーに包んで机のうえにおいた。

　字が読めないんだ、ここの女どもは。年はちゃんと明瞭に記入したではないか。

　例によって彼は新聞雑誌室にいき、シカゴの亡命者グループによって一九一八年以来毎日発行されているロシア語新聞の最新版（二月十二日、土曜日――だが今日は火曜日である。なんとうかつな読者であることよ！）を手にとって、ニュースにざっと目を通した。それから、例によって広告欄を念入りに読んでいった。新しい白衣をまとったポポフ博士の写真は、中年以上の人たちに新たなる活力と喜びとを約束していた。ある音楽会社が、「破滅のワルツ」や「前線運転手の歌」のようなロシアのレコードをずらりと宣伝している。ゴーゴリ風の葬儀屋は、自分の創案した、ピクニックにも利用できる特別製霊柩車を賞讃している。もうひとりのゴーゴリ風の男は、マイアミにある「果樹と花にかこまれた二部屋のアパート」を「酒を飲まない人」に特別提供していた。ハモンド[7]では、「静かな少人数の家庭」の一部屋が、人恋しそうに貸しに出されている――そのとき、特にこれといった理由があるわけではなかったが、突然プニンは、熱い感情のこもった、滑稽なほどの明白さ

7　インディアナ州北西部の都市

で、両親のパヴェル・プニン博士とヴァレリア・プニン夫人とを思い浮べた。父は医学雑誌、母は政治評論を手にもって、四十年まえ、ペテルブルグのガレルナーヤ通りにある小さな、楽しい灯《あか》りのついている客間で、肘かけ椅子に坐って向い合っていた……。

彼はまた、亡命者の三つの党派のあいだに起きたおそろしく長くて退屈な論争の、最近の記事を丹念に読んだ。その論争は、A党が「河豚《ふぐ》は食いたし、生命は惜しし」という諺を引用して、B党の無気力さを非難したことからはじまった。それに挑発されて、『河豚と無気力』と題する辛辣《しんらつ》な投書がある「老楽天主義者」から編集者に寄せられた。その投書は、「アメリカには『すねに傷もつものは一石二鳥を狙うべきではない』という金言がある」という書き出しだった。そしていまプニンが読んでいる新聞には、『河豚と傷ついたすねと楽観主義について』と題して、C党の代表者が二千語の評論を寄稿していた。プニンは多大の関心と共感とを覚えながらそれを読んだ。

それから彼は、自分の研究のために自分の閲覧席《カレル》に戻った。

彼はロシア文化の側面史を書こうと考えていた。ロシアの珍奇な事柄、風習、文学的逸話などを精選して、事件の主要な連続である正史の小型版のようなものになればと願っているのである。彼はまだ資料の収集という幸せな段階にあった。中身がぎっしりつまっているキャビネットからカタログ・カードの引出しを引っ張りだして、大きなクルミのようにそれを抱えて人のいない片隅にもっていき、そこで静かに精神の食事を楽しむ。多くの善良な青年たちは、そうしたプニンの姿を眺めることを非常な喜びとし、名誉と考えていた。彼はカードを調べながら、あるときは唇を動かして、声を出さずに、批判、満足、当惑などの感情を表情にあらわし、あるときは薄い眉毛を広い額に高く釣りあげ、不快や疑念がすべて消え失せたのちもそれをおろすのを忘れて、そのまま持ちあげていたりした。ウェインデルに在職して彼は幸運だった。著名な愛書家でスラヴ学者のジョン・サーストン・トッド（あごひげを生やした彼の胸像が飲用噴水を見おろしている）が一八九〇年代にロシアを訪れて厚遇され、死後、彼がロシアで収集してきた多数の書物は、辺ぴな書架に集められていたのである。金属製の書棚からアメリカに多い静電気の刺激を受けないようにゴムの手袋をはめて、プニンはそれらの書物のところにいき、喜びにひたるのだった。まだら模様のボール紙の表紙のついた、〈狂乱の一八六〇年代〉に発行された無名の雑誌類。百年以前の歴史的なモノグラフ——眠気を催しそうなその頁はカビのために変色している。ぞっとするような、感傷的なカメオの装幀のロシア古典——詩人たちのその浮彫りになった横顔は、子供のように無邪気なティモフェイに自分の少年時代を涙ながらに思い起させた。あのころは、本の表紙の、いささかすりきれたプーシュキンのほおひげや、ジューコフスキーのしみだらけの鼻を呑気にさわってみることができた……。

　今日のプニンは、ロシア神話に関するコストロムスコイの大作（モスクワ、一八五五年出版）——館外帯出禁止の稀覯書《きこうしょ》——の一節を、まんざらでもなさそうな吐息をもらしながら写し取りはじめた。それは、ヴォルガ上流の森林地で、キリスト教の目を盗んでその当時いぜんとして行われていた古い異教の遊戯《ゲーム》にかんする個所だった。五月の祭りの週——のちに聖霊降臨節となったいわゆる〈緑の週間《グリーン・ウイーク》〉——に、百姓の娘たちはキンポウゲとランで花輪をつくり、古い相聞歌を歌いながら、その花輪を川端の柳の木にかける。そして、聖霊降臨祭の日に、花輪は川にゆさぶり落され、ほぐれながら蛇のように漂い流れていく。娘たちはその花輪のあいだを漂い、歌った……。

　そのとき、言語上の奇妙な連想がプニンの心にふと浮んだ。しかしそれは人魚の尾のようにつかまえにくかったので、索引カードにそのことをメモして、再びコストロムスコイに没頭した。

　プニンが二度目に顔をあげたときは、夕食の時間だった。

　彼は眼鏡をはずし、その眼鏡をつかんでいる手の甲で、疲れた眼をこすった。そして、思いに沈んだまま、頭上の窓をおだやかに見つめた。天井の螢光燈の反射によって銀色に映える青紫色のたそがれの空気が、瞑想からさめるにつれてしだいにはっきりとそこにあらわれ、クモの巣のような黒い小枝のあいだに、書物の背の列がガラスに明るく写っている。

図書館を去るまえに、彼は interested の正しい発音の仕方を調べようと決心した。ウェブスター辞典、少なくとも読書室のテーブルにおいてある使い古した一九三〇年の版では、プニンの発音とは違って、三番目の音節にはアクセントがなかった。うしろの正誤表を見たが、それについての訂正はない。その巨大な辞典を閉じたとき、それまでずっと手にもっていた索引カード——さきほどメモを記入したあのカード——を辞典のどこかにはさんでしまったことに気づき、彼は思わず痛恨の叫びをもらした。二千五百枚もの薄い紙からなるその辞典、しかもところどころ頁が破れている、それをいちいちめくって捜さなければならないのか！　なめらかな白髪をして蝶ネクタイをつけ、顔はピンク色で体のひょろ長い、物腰のていねいな図書館員のチェイス氏が、プニンの叫び声を聞きつけて、ゆっくり歩みよってきた。彼はその巨大な辞典の両端をつかんでさかさまにし、軽くひと振りした。すると、携帯用のくし、一枚のクリスマス・カード、プニンのメモ、極薄のガーゼのようになったティッシュ・ペイパー、が吐き出された。ティッシュ・ペイパーははなはだものうげにプニンの足もとに舞いおりていき、チェイス氏によって、辞典内の「合衆国諸州及び領土の印璽」の図版のうえに再びおかれた。

プニンは索引カードをポケットにいれた。そうしながら彼は、先刻思い出せなかったことをふと思い出した——

……彼女は漂い、歌った、彼女は歌い、漂った……

もちろん、オフィーリアの死だ！　あのアンドレイ・クローネベルグのすぐれた露訳『ハムレット』（一八四四年）のなかにあったのだ！——あの翻訳書は、プニンの青春時代の、また彼の父や祖父の若き日の、喜びだった！　あの翻訳のなかに、コストロムスコイの本の一節にあるのと同じく、柳と花輪がたしかにあった。だが、どこでそれを確かめたらよいのだろう？　残念なことに、トッド氏の収集には、あの翻訳は含まれておらず、したがってウェインデル大学の図書館にはない。すばらしいベンゲローフ版のあの翻訳には、生涯忘れられないような、美しく気高い、朗々と誦せられる詩句がいくつもあったが、それを英語版で参照するとなると、きまってそれが見つからないのだ。悲しいかな！

その悲しい大学の構内は、すっかり暗くなりかけていた。遠くの、さらに悲しげな山々のうえには、厚い雲の層の下に澄みきったべっ甲色の夕焼け空がまだ残っていた。心を乱し悩ませるウェインデルヴィルの燈火が、たそがれていく山々のひだに囲まれて鼓動しながら、いつもの魔力を発揮しはじめた。もっとも、プニンがよく知っているように、町に実際に入って見れば、そこは単なるレンガ造りの家々、給油所、スケート・リンク、スーパーマーケットなどにすぎないのだが……。プニンは、ヴァージニア・ハムをさかなにビールをいっぱいやるために、図書館横丁にある小さな酒場に歩いていく途中で、突然非常な疲れを感じた。用もないのに図書館に持っていった『ロシア古典文学全集』の一巻が、いっそう重く感じられるようになったばかりではない。実は、プニンが昼間ちょっと耳にしたことで、それについて深く考えるのがあまり気の進まなかった事柄が、いまになって彼を悩まし、圧迫しているのだった——ちょうど、われわれの犯した失策や無作法な行為、あるいは無視することに決めた脅迫などが、ふりかえってみるとき、われわれの心をかき乱すのと同じように。

7

二本目のビールをゆっくり飲みながら、プニンは自分の次の行動について思案していた。というよりはむしろ、最近よく眠れなくて頭の疲れたプニンと、いつものように午前二時の貨物列車がうめきながら谷をのぼるまで家で読書を続けていたいと願う貪欲なプニンとのあいだの論争を、調停していたと言ったほうがよいかもしれない。ついに彼は、大学のニュー・ホールで隔週の火曜日に熱烈なクリストファー・スターとルイーズ・スター夫妻の提供する番組を見て、そのあとすぐに寝るようにしようと決心した。それはややハイブラウな音楽と毛色の変った映画からなる番組で、プア学長は昨年、あるばかげた批評に答えて、その番組は「おそらく大学社会全体において、もっとも秀れた、かつ感動を呼び起す試みである」と称讃した。

『ロシア古典文学全集』はプニンのひざのうえで眠っていた。彼の左側には二人のインド人の学生が坐っていた。右側には、演劇を専攻しているハーゲン教授のおてんばな娘がいる。ありがたいことにコマロフはずっとうしろのほうにいたので、彼の面白くもない評言は伝わってこなかった。

番組の第一部である三つの古い短篇喜劇映画は、われらの友を退屈させた。あの杖、あの山高帽、あの白く塗った顔、あの弓なりの黒い眉、あのひくひく動く鼻孔——そんなものは彼にはなんの意味も持たなかった。その比類なき喜劇役者が陽光をあびながら花冠をつけたニンフたちとサボテンの道化のそばで踊ろうが、先史時代の人間（この場合、そのしなやかな杖はしなやかな棒になる）に扮しようが、あるいは、熱狂的なナイト・クラブでむくつけき伊達男にじろりとにらみつけられようが、古風でユーモアのないプニンは、ぜんぜん関心を示さなかった。「大根役者」と彼は鼻を鳴らしながらつぶやいた。「グルーピシュキンやマックス・リンダーだって、もっと滑稽で面白かった」

番組の第二部は、一九四〇年代の後半に製作された印象的なソ連の記録映画だった。それは、ぜんぜん宣伝臭はなく、陽気で明るい生活と誇り高い労働の幸福感にあふれた純然たる芸術作品ということになっていた。大昔からの伝統的な春の祭りで、美しい乱れ髪の娘たちが、「朝鮮から手をひけ」とか「平和は戦争に勝つ」といったような古いロシア民謡のなかの文句を露語、仏語、西語、独語などで書いた旗をかかげて、行進していった。傷病者用の輸送機がタジキスタンの雪をいただいた山脈のうえを飛んでいく場面があらわれた。キルギスの俳優たちがシュロの林のあいだにある炭坑労働者の療養所を慰問して、即興の演技を披露した。伝説的なコーカサス山中のオセチア地方にある山間の牧場で、ひとりの牧夫が携帯用ラジオで共和国の農林省に仔羊の誕生を報告した。モスクワの地下鉄駅がその円柱や彫像とともに鈍く輝き、電車を待つ六人の乗客が三つの大理石のベンチに坐っていた。工場労働者の一家が、全員盛装して、観賞植物がいっぱいの客間に集まり、電気スタンドの絹製の大きなかさの下で平和な一家団欒の夕べを過していた。八千人のサッカー・ファンがFCトルペドとFCディナモの試合を見守っていた。モスクワの電気器具の製造工場では、八千人の市民が「スターリン選挙地区」のスターリン候補を満場一致で指名した。最新型の国産乗用車がさきほどの工場労働者の一家とさらに数人の人間をのせて、郊外のピクニックに出発した。それから――

「つまらん、まったくつまらん。馬鹿げとる」とプニンはひそかに私語しながら――どういうわけか、おかしなことに、恥ずかしいことに――涙腺から小児のように熱い液体がとめどなく流れ出るのを感じていた。

太陽がロシアの野生林のカバの木の白い幹のあいだに蒸気のような光線を投げかけ、ゆれる木の葉は光をあびて濡れ、樹皮のうえでは光が細かに震えている。日光はそれから長い草のうえにしたたり落ち、ぼかした色合いのしだれ桜の落花にまじって、輝きながら煙った……散策者はその光のもやに包まれて野生林のなかにいた。林を横切って、やわらかい二筋のわだち跡のついた古い道が走り、キノコの列が無限に続きヒナギクが一面に咲き乱れている。散策者は時代錯誤の自分の下宿にトボトボと足を運びながら、心のなかではいぜんとしてその林間の道をたどっていた。彼は厚い本を小脇にかかえて林のなかを歩く青年時代の自分に戻っていた。その道は、眠りがプニンを襲うにつれて、時間によって刈り取られることなく永遠に同じ姿をとどめている、ロマンティックで自由な、美しく輝く大草原（馬が丈の高い花のあいだを疾走し、銀色のたてがみをふりあげている）に出た。いまやプニンはベッドに気持よくおさまり、かたわらのナイト・テーブルの、七時半と八時とに合わせた二つの目ざまし時計が、カチカチ鳴っていた。

空色のワイシャツを着たコマロフが、ギターのうえに身をのりだすようにして、音を合わせている。誕生日のパーティーはたけなわで、落ち着きはらったスターリンが、政府の葬送人選挙において自分の一票をドサッと投じる。戦っているとき、あるいは旅路において……海において……それともウェインデルにおいて……「すばらしい！」と、書きものをしていたボードー・フォン・ファルテルンフェルス博士が顔をあげた。

プニンがこころよい忘却の淵にほとんど沈みかけていたとき、外である恐ろしい事故が起った。彫像がうめきながら自分の額をつかみ、こわれた青銅の自転車のことで大騒ぎをしている――そのとき、プニンは目を覚ました。燈火と影のような突起物の列が窓の日よけを横切った。車のドアがバタンと閉り、車は走り去った。鍵が錠にさしこまれ、見えすいた華奢なつくりの家が開けられた。三つのよく響く声がする。家が胴震いして内部が明るく照らしだされ、プニンの部屋のドアの下のすき間にも光がさした。熱病だ、伝染病の襲来だ。恐怖と無力感に襲われ、義歯を外して夜着のままのプニンは、スーツ・ケースが一段一段よろけながらも威勢よく階段をのぼり、二本の若い足が慣れた足取りであがってくるのを聞いた。はずむ息づかいまですでに聞きわけることができる……。事実、母親があわやというときに折よく警告の叫びを発しなかったら、陰鬱な夏の旅行から帰宅したばかりのイザベルは、自然によみがえってきた幸福感から、プニンの部屋のドアを蹴りあけていたであろう。

第四章

1

彼の父親である国王は、喉のところがあいている真白なスポーツ・シャツと、真黒なブレザーコートを着て、広々とした机に向って坐っていた。磨きあげられた机の表面は、彼の上半身をさかさに映しており、まるで彼はトランプの絵札のように見えた。幾枚もある先祖の肖像画が、鏡板《パネル》をはめた広い部屋の壁を暗くしている。その他の点では、その部屋は、想像上の宮殿から西に約三千マイル離れた大西洋沿岸にある聖バーソロミュー学園の校長の書斎に似ていないこともなかった。おびただしい量の春雨がひっきりなしにフランス窓をはげしく打ち、その向うでは、緑の若葉の一枚一枚が目のようにきらきら光りながら、うち震え、翻っている。この土砂降りの雨の幕だけが、数日にわたって都市を震駭させている革命から宮殿を隔離し、保護しているように見えた……実際には、ヴィクター少年の父は偏屈な亡命医師で、少年は昔から彼があまり好きではなく、それにここ二年ほどは会ってもいなかった。

少年にとってもっと似つかわしい父親である国王は、退位しないことに決心していた。

新聞の発行は止っていた。オリエント急行が一般の乗客を乗せたまま郊外の駅で立ち往生し、プラットホームのうえでは、色とりどりの百姓たちが、水たまりに影を映しながら、長い神秘的な列車の、カーテンをおろした窓を呆然と口をあけて眺めている。宮殿と段庭《テラス》になった庭園、宮殿の丘の下にひろがる都市、悪天候にもかかわらず首切りとフォークダンスとがすでに始まっている大広場——それらはすべて、ひとつの十字架形の中心に位置しており、その十字架の四本の腕は、『ランド・マクナリー版世界地図』に示されているように、それぞれトリエステ、グラーツ、ブダペスト、ザグレブにまで伸びている。そしてその中心部の中心に、青ざめた顔をした国王は静かに坐っているのである。彼は総体的に見て息子に非常によく似ており、いまは中学生である息子が、自分も四十歳になったらそうなるであろうと想像しているような姿をしていた。青ざめた顔と冷静な態度の国王は、コーヒー茶碗を手に持ち、くすんだエメラルド色の窓を背にして、仮面をつけた使者の言葉に耳を傾けていた。濡れた外套を着たままのその使者は、肥満したひとりの老貴族で、包囲された議事堂から孤立した宮殿まで、叛乱と雨のなかをなんとか通りぬけてきたのだった。

「アブディケイション（退位）だと！　アルファベットの三分の一に当るわけか！」[1] 国王

訳注

1　abdication という語は八文字を使用している

はなまりのある口調で冷たく皮肉を言った。「答えは否だ。余は亡命という未知数のほうをえらぶ」

そう言いながら、やもめの身である国王は、卓上の美しい亡き妻の写真――その大きな青い瞳、紅色の唇――のほうをちらりと見た（それはカラー写真で、国王にはふさわしくないかも知れないが、そんなことは問題ではない）。ふいに狂い咲いたライラックが、締め出された仮装舞踏者のように、しずくのしたたる窓ガラスを激しくたたいていた。年老いた使者は、歴史の流れに介入するよりも、多少の財産をたくわえているウィーンに高飛びしたほうが賢明ではなかろうかとひそかに思案しながら、一礼して、そのだだっ広い書斎をしりぞいた……もちろん、ヴィクターの母は実際には生きている。彼女は少年の現実の父親であるエリック・ウィンド博士（彼はいま南米にいる）とわかれ、チャーチという名の男とバッファローで結婚しようとしていた。

ヴィクターは寒い寝室で、騒々しい寄宿舎のあらゆる騒音にさらされながら、なんとか眠ろうと努力し、夜ごとこうした甘い空想にふけった。たいていは、彼の空想はあの危機一髪の脱出の場面までいき着かなかった。すなわち、王がひとりで――詰め将棋問題の作者たちなら〈王ひとり《ソルス・レックス》〉と呼ぶような状態で――ボヘミア海岸のテンペスト・ポイントの浜辺を歩いているあの場面である。その場所で、陽気なアメリカ人の冒険家パーシヴァル・ブレイクが、強力なモーター・ボートを用意して、王を待ち受けているはずだった。心をわくわくさせ、そして慰めてくれるこのエピソード、夜ごとくりかえされる空想の頂点にくるこの魅惑の場面……その場面をいつもあとまわしにしてとっておくということが、催眠効果の主要な機能となっているのだった。

アメリカで上映するためにベルリンで製作されたイタリア映画。そのなかに、しわくちゃになった半ズボンをはき、血走った目をした少年が、複重《マルティプル》スパイに追跡されてスラム街や廃墟や売春宿のなかを逃げていく場面がある。それから、いちばん近くの女学校、聖マーサ学園で最近上演された『紅はこべ』の翻案。かつての前衛雑誌にのっていたカフカ風の匿名短篇小説（それはいかがわしい過去を持つ陰気なイギリス人のペナント先生が授業のとき読んでくれた）。なかでも、三十五年まえにレーニン体制から脱出したロシアの知識人たちについて、長いあいだ家で聞かされていたさまざまな話——そういったものがヴィクターの幻想の明らかな源泉であった。それらのものは、以前は彼の心を激しく感動させたかもしれない。だがいまでは、単なる気持のよい麻酔剤として、露骨に実利的なものと化していた。

2

彼はいま十四歳だったが、二、三歳年長に見えた。それは、六フィートに近いひょろ長い背丈のためというよりも、無造作な起居振舞い、平凡だが整った目鼻立ちに漂う柔和な冷たい表情、ぎこちなさの完全な欠如などのせいだった。彼が無遠慮で慎みがないというのではなく、むしろその気兼ねのない態度が、彼の内気さにどこか陽気な面を与え、落ち着いた挙動に一種の超然とした物柔らかさを添えているのである。左の目の下にあるほとんど一セント硬貨ほどの大きさの茶色のあざが、その蒼白い頬をきわだたせていた。小生は、彼が人を愛していたとは思わない。

母親に対しては、幼年期の情熱的な愛情はすでにずっと以前に消え、慇懃《いんぎん》無礼な態度に変っていた。彼女が、虫酸《むしず》の走るような金属的な鼻声と、柔毛《にこげ》がひっかかっているようなロシア語法とを軽くまじえながら、流暢でけばけばしいニューヨーク英語をあやつって、少年がそれまで聞きあきるほど聞いてきた、大げさな、あるいは嘘っぱちの身の上話で、お客たちを楽しませているのを見ると、彼は心の底でため息をつくだけで、運命のいたずらを諾々と甘受するのだった。少年にとってもっとつらいのは、そうしたお客のなかに父のエリック・ウィンド博士がまじっているときだった。彼はユーモアの全然ない衒学者で、自分の英語（それはドイツの高等学校で習得したものだ）は完全無欠であると信じこんでおり、相手に面白い俗語を話して聞かせたりすることを最高の贈物と考えているようななれなれしいこずるい態度で、大洋のことを「池」といったりするたぐいの陳腐で滑稽な言葉づかいを、もったいぶって口にするのだった。両親とも精神療法医であったから、最善をつくしてラーイオスとイオカステーを気取ろうとしていたが、少年はごく平凡な小オイディプースに過ぎなかった。フロイト的なロマンス（父、母、子）という流行の三角関係をこみいらせないために、リーザの最初の夫のことはそれまでいちども話題にのぼったことがなかった。ウィンドとの結婚が崩壊しはじめたとき、すなわちヴィクターが聖バーソロミュー学園に入学する頃になってはじめて、リーザは、ヨーロッパを去る以前は自分がプニン夫人であったことを少年に教えたのである。彼女は、昔のその夫もやはりアメリカに渡ってきており、実をいえば、まもなくヴィクターと会うことになるはずだ、などということを彼に話した。リーザが（黒いまつ毛の下の輝く青い瞳を大きく見開いて）言及することはすべて、常に必ず神秘と魅惑のヴェールを帯びるので、聖バーソロミュー学園の北西約三百マイルのところにある有名なウェインデル大学で、事実上死語となった言語を教えている学者にして紳士の、偉大なティモフェイ・プニンの像は、感受性の強い少年の心のなかで、奇妙な魅力をかちえた。それは少年に、かつて蝶や貝殻の世界的な権威であったブルガリアの国王や地中海沿岸の諸侯たちとプニンが血縁ではないかと思わせたほどである。したがって、プニン教授が落ち着いた礼儀正しい調子で少年と通信を始めたとき、少年はたいへんな喜びを感じた。美しいフランス語だが、非常に拙劣にタイプされた最初の手紙に続いて、「灰色リス」を描いた絵葉書が届いた。それは「我が国の哺乳類と鳥」を描いた教育シリーズのカードの一枚だった。プニンは特に少年との通信のために、そのシリーズのカードを全部買いこんでいた。ヴィクターは「リス」という語が「影と尾」を意味するギリシャ語に由来することを知って喜んだ。プニンは次の休暇に自分を訪ねるようにヴィクターに勧め、ウェインデルのバス停留所で待っていると告げた。彼は、「目印としてわたしは黒い眼鏡をかけ、銀の頭文字がついた書類カバンを持っています」と英語で書いた。

3

エリックもリーザも遺伝ということに病的なほどの関心を持っており、ヴィクターの芸術的な素質を見て喜ぶどころか、その遺伝上の原因について、常に頭を悩ませていた。彼の祖先には、芸術と科学とに対する天性がかなり鮮明にあらわれていた。絵具に対するヴィクターの情熱は、ハンス・アンデルセン（おなじみのデンマーク人とは同名異人）にまで遡るべきだろうか？　リューベックのステンド・グラス画家だったハンスは、愛娘が白髪のハンブルグの宝石師——サファイアに関する論文の作者であり、エリックの母方の祖父にあたる——と結婚してからまもなく気狂いになった（そして自分を寺院だと信じこんだ）。それとも、ヴィクターのほとんど病的ともいえる鉛筆やペンの精密な書きぶりは、ボゴレポフの科学の副産物であろうか？　というのは、ヴィクターの母の曾祖父は、田舎の教区僧の七番目の息子だったが、彼こそは、かの不世出の天才フェオフィラクト・ボゴレポフに他ならなかったからである。ロシアの生んだ最大の数学者という称号を彼と争いうる者は、ニコライ・ロバチェフスキーだけだった。ヴィクターの素質ははたしていずれに由来するのだろうか？

天才は大勢に順応しない。二歳のときヴィクターは、世間一般の幼児とは違って、ボタンや舷窓を表現するのに小さな渦巻をなぐり書きしてすませるようなことはなかった。彼はいつくしみをこめて、自分の円を完全な円形に仕立てあげ、その円周をきちんとつないだ。三歳の子供が正方形を描くようにいわれれば、ひとすみだけはまずまずの角を描き、あとは不安定に波動する線か、あるいは丸い線を描いて満足するのが普通である。しかし三歳のヴィクターは、調査者（すなわちリーザ・ウィンド博士）の描いたはなはだ不格好な正方形を、軽蔑をこめた正確さで写しただけでなく、そのかたわらに、小さな正方形を描き添えた。幼児は人を描くとき、頭足類（オタマジャクシのような人間）とか、くま手のような手やL字型の足を持つズングリムックリ型の人間を描くものだが、ヴィクターは絵画活動のそのような初期の段階をいちども経験したことはなかった。実のところ、彼は人体を描くことを極力回避し、パパ（エリック・ウィンド博士）からママ（リーザ・ウィンド博士）を描いてくれと頼まれたときも、美しい波形を描いて、それを、新しい冷蔵庫に映ったママの影だと称した。四歳のとき、彼は独自の点描法を案出した。五歳のとき、対象物を遠近画法で描き始めた——側壁の奥行きは巧みに縮められ、遠くの木は小さくなり、対象物のひとつが他の対象物のうえに半ば積み重ねられた。そして六歳のときには、ヴィクターはすでに、多くの大人たちがけっして気づくことのないもの、すなわち影の色彩を見分けるようになっていた。——オレンジの影と、プラムやアヴォカド梨の影とでは、色合いに相違のあることを知っていたのである。

ウィンド夫妻にとっては、ヴィクターは、問題児になることを拒否した点において、問題児であった。ウィンド的見解によれば、すべての男児は、父親を去勢したいと熱烈にこい願い、母親の体内に再入したいという郷愁的衝動に駆られるはずなのである。ところがヴィクターは、病的な行動をまったく示さなかった。鼻をほじりもせず、親指もしゃぶらず、爪を噛みさえしなかった。無線電信仕掛けの好きなウィンド博士は、その現象を「個人的関係の静電状態」と呼んでいたが、彼はそれを排除する目的で、難攻不落のわが子を二人の局外者によって研究所で精神測定してもらった。その局外者とは、若いスターン博士と愛想のいい彼の妻(ぼくがルーイスで、妻はクリスティーナです)であったが、その結果は、途方もないものであるか、あるいは無に等しいものだった。すなわちこの七歳の被験者は、いわゆる「ゴドノフ式動物描写テスト」では、十七歳という驚くべき精神年齢を記録したが、「フェアヴュー式成人テスト」では、たちまち二歳の精神年齢に落下してしまったのである。

ところで、これらのすばらしい試験方法を案出するのに、いかに多くの苦心や技術や創意が動員されたことか！　それなのに、被験者のなかに協力を拒む者がいるとは、実に恥ずべきことではないか！　たとえば、「ケント＝ロザノフ式完全自由連想テスト」では、幼いジョーやジェインは、食卓、アヒル、音楽、病気、厚さ、低い、深い、長い、幸福、果物、母、キノコなどの「刺激語」に反応することを求められている。あの魅力的な「ビエーヴル関心ゲーム」（雨の午後には絶好の遊びである）では、幼いサムやルビーは、死、墜落、夢、旋風、葬式、父、夜、手術、寝室、浴室、集中など、自分が多少とも恐怖を感じる事柄のまえに小さな印をつけることを要求される。「アウグスタ・アングスト式抽象テスト」では、幼い被験者は、表にのっている言葉（「呻き」、「喜び」、「暗闇」など）を平坦な線で表現することを求められる。それから、もちろんあの「人形遊び」がある。パトリックないしパトリシアは、同形のゴム人形を二つときれいな粘土を少し与えられ、遊びを始めるまえに、その粘土を人形のひとつに粘着させなければならない。それから、かわいいあの人形の家。部屋がたくさんあり、精巧なミニアチュアの家具の数々が備えつけられている。ドングリの殻ぐらいの室内便器、薬箱、火かき棒、ダブル・ベッド、台所にはちっちゃなゴム製の手袋までそろっている。被験者はどんなに下品なことをしてもよく、寝室で灯りが消えたのち、パパ人形がママ人形をいじめていると思えば、パパ人形に対してどんなことをしてもよいのである。ところが性悪のヴィクターは、ルーやティナと遊ぼうとはせず、人形は無視し、表にのっている言葉は消してしまい（そんなことは規則違反である）、未発達段階の意味を全然もたない絵を描いた。

ロールシャッハ検査のあの美しいインクのしみを子供たちに見せると、彼らは海の景色、排気管、岬、愚鈍なうじ虫、神経症の木の幹、エロティックなゴム製オーバーシューズ、こうもり傘、唖鈴など、ありとあらゆるものを想像する、あるいは想像するはずである。だがヴィクターに対してインクのしみを示しても、臨床医から見て少しでも興味のあるようなものを彼に発見させることは、どうしてもできなかった。また、ヴィクターがなにげなく描いたスケッチのどれをとっても、いわゆる曼陀羅を表わしているものはひとつもなかった——曼陀羅とは（サンスクリットで）魔法の輪を意味するとされている語で、半分に割ったマンゴスチンの切り口や十字架などのように、多少なりとも四方に拡散した形態を表わすいたずら書きに対して、ユング博士やその他の精神分析学者が用いた名称で、かよわいモルフォス蝶のように自我を車裂きにする輪、もっと正確には四つの原子価を持つ炭素分子すなわち頭脳の主要な化学的構成要素が、自動的に拡大され、紙のうえに写しだされたものなのである。

スターン夫妻は、「残念ながら、ご子息ヴィクターの『心的映像』や『語連想』の心理学的価値は、ご本人の芸術的性癖によって完全に曇らされております」と報告した。それ以後、ウィンド家の幼い被験者は、不眠症と食欲不振に悩まされていたので、真夜中過ぎまでベッドで読書することを許され、朝はオート・ミールを食べなくてもよいことになった。

4

リーザは息子の教育を計画するにあたって、二つのリビドーの板挟みになった。すなわち、「現代児童精神療法」の最新の成果をヴィクターに授けたいという衝動と、アメリカにおけるさまざまな宗教的な立場のなかから、ギリシャ正教の調和のとれた健全な快適さにもっとも近い道を探しだしたいという衝動とである。ギリシャ正教は寛容な宗派で、提供してくれる種々の安楽に比較して、良心に対する拘束はきわめてわずかなのである。

幼いヴィクターは、最初はニュー・ジャージー州のある進歩的な幼稚園に入り、それからロシアの友人たちのすすめにしたがって、その地のある学校に通った。その学校は監督教会派の牧師によって経営されていたが、彼は賢明で有能な教育者であり、優れた生徒たちには、どんなに変人や乱暴者であっても、思いやりをもって接した。ヴィクターはたしかに少し変っていたが、他方、非常にもの静かな子供だった。十二歳のとき、彼は聖バーソロミュー学園に入った。

物理的にいえば、聖バーソロミュー学園は控え目な赤レンガの大きな集団で、マサチューセッツ州クラントンの郊外に、一八六九年に建てられたものである。本館が大きな四角形の中庭の三方を囲み、残りの一辺は回廊になっていた。切妻造りの玄関の建物の片側は、アメリカつたにおおわれてつややかな光沢を放ち、その先端には、多少頭でっかち気味に、ケルト式の石の十字架が載《の》っていた。つたは風に吹かれて馬の背のように小さく波打った。赤レンガの色は、ふつう時とともにますますあざやかになっていくものと盲信されているが、聖バーソロミュー学園の赤レンガはただ汚ならしくなっただけだった。十字架の下、アーチ形の玄関（その玄関は朗々と音が響き渡りそうな様子をしていたが、実際にはぜんぜん反響しなかった）のすぐ上に、短剣のようなものが彫刻されていた。それは十二使徒のひとりである聖バーソロミュー（バルトロメオ）が、（ウィーンのミサ典書において）激昂して手にとった肉切り包丁を象徴するものだった。聖バルトロメオは西暦六五年頃の夏に、ロシア東南部のアルバノポリス（現在のデルベント）で、生きながら皮をはがれ、ハエの群れにさらされた人である。彼の棺は激怒した王によってカスピ海に投げこまれ、シシリー沖のリパリ島まで、そのままおだやかに流されていったというが、それはおそらく伝説であろう。というのは、洪積世以来カスピ海は常に内海で、外海に通じたことはなかったからである。上向きのニンジンにやや似ているその短剣の紋章の下に、ぴかぴか光る古体活字で「主を仰げ」と記してあった。玄関のまえの芝生は、ある教師の飼い犬で、たがいに非常に仲のよい二匹のイングリッシュ・シェパードがふだん居眠りをしている、かれら専用の楽園になっていた。

リーザは、学校をはじめて訪れたとき、そのありとあらゆるもの、礼拝堂やファイヴズ球戯場にはじまって、回廊にある石膏像や教室にかかげられた寺院の写真にいたるまで、すべてのものにいたく感嘆した。低学年の三クラスは、窓のついた小室《アルコーヴ》のある寄宿舎にいれられた。寄宿舎の端には教師の部屋がある。また、体育館も実にすばらしいものだった。それに礼拝堂のオーク材の座席と片持ち梁の屋根とがまた、見る人をして感嘆させる代物だった。そのロマネスク式の建物は、半世紀前に毛織物製造業者のジュリアス・ションバーグが寄贈したもので、その男はメッシーナの大地震で死んだあの世界的に有名なエジプト学者サミュエル・ションバーグの弟だった。学園には二十五人の教師と校長のアーチボルド・ホッパー師がいた。校長は暖かい日には灰色の優雅な僧服を着て、自分を失脚させようとする陰謀があることには全然気づかず、いとも晴れやかに礼拝の勤めを執り行うのだった。

5

眼球はヴィクターの最高の器官であったけれども、聖バーソロミュー学園のくすんだ灰色の性格が彼の意識にうえつけられたのは、むしろ嗅覚や聴覚を通してであった。寄宿舎のニスを塗った古い木材から発するかびくさくてどんよりとした悪臭、小室《アルコーヴ》におけるさまざまな夜のもの音――効果をねらって強調される胃袋のなる音やベッドのスプリングのきしむ音――それから朝の六時四十五分に鳴り響いて空ろな頭に頭痛を起させる廊下のベルの音。肋材で支えられた礼拝堂の天井から鎖（およびその影）につながって垂れている火口《バーナー》は、偶像崇拝の香の匂いを漂わせた。それにまた、優雅のなかに卑俗さを巧みにまぜたホッパー師のまろやかな声。讃美歌の一六六番――その「わが霊《たま》のひかり」の歌を新入生たちは暗記しなければならなかった。ロッカー・ルームでは、共同の競技用のサポーターをいくつもつっこんである車輪つきの詰めかごが、太古以来の汗のにおいを発散させていた――そのサポーターときたら、胸のむかつくような、もつれた灰色のかたまりで、生徒たちは体育の時間には自分でそのゴム紐のよりを戻してはかなければならなかった。また、四つの運動場のそれぞれから聞えてくる喚声は、いかにも耳ざわりでひどいものだった。

知能指数が約百八十もあり、平均点が九十点だったから、ヴィクターは三十六人のクラスにおいてやすやすと一位を占めたし、学校全体からいっても、三人の最優等生のひとりであった。彼はたいていの教師を軽蔑していたが、レイクに対しては敬意を抱いていた。レイクはもじゃもじゃの眉と毛ぶかい手を持ったとてつもなく肥満した男で、バラ色の頬の元気で活溌な少年たち（ヴィクターはそのような少年ではなかった）のまえに出ると、憂鬱そうなどぎまぎした態度を見せた。レイクは仕事場というよりもどこかの画廊の応接間に似ている妙に小ぎれいな画室に、仏陀のごとくおさまっていた。画室の薄い灰色の壁を飾っているのは、同じような額縁にいれた二枚の絵だけだった。一枚はガートルード・ケーゼビアの写真の傑作『母と子』（一八九七年）の複製で、天使のごとき幼児があこがれの眼を彼方の上のほうに向けていた（何を見ているのだろうか?）。もう一枚はレンブラントの『エマオの巡礼者』におけるキリストの頭部の複製で、本物と同じような色調であり、口や眼の表情も似ていたが、神々しさが少し欠けている。

レイクはオハイオ州で生れ、パリとローマに学び、エクアドルと日本で教えたことがある。彼は美術の専門家として世間に認められており、なぜ過去十年ものあいだ、聖バーソロミュー学園などに自ら求めてくすぶっているのか、人びとには謎であった。彼は天才特有の気むずかしい気質の持主だったが、独創性には欠けており、自分でもそのことに気づいていた。彼の絵は常に非常に手ぎわのよい模写といった感じだった。かといって、誰の画風をまねているのか、見る人にはけっしてわからなかった。無数の技法に関する深遠な知識、「流派」や「傾向」に対する無関心、まやかしものに対する強い嫌悪、今日の、たとえば月並みなネオ・プラスティシズムや陳腐な抽象派も、昨日のお上品な水彩画とまったく変るところはなく、重要なのは個々の人間の才能であるという彼の確信——こうしたものが彼をして非凡な教師たらしめていた。聖バーソロミュー学園がレイクを雇っていたのは、彼の教授法やその成果が特に気に入っていたからというよりも、高名の変り種を少なくともひとりは教授陣にいれておくのが流行だったからである。レイクは心のわくわくするような事柄を数多く教えたが、そのひとつに太陽スペクトルのことがあった。太陽スペクトルの色の順序は閉じた円になっているのではなく、ラセン形になっていて、まずカドミウム・レッドとオレンジに始まり、ストロンチウム・イエローと淡いえもいわれぬグリーンをへて、コバルト・ブルーとスミレ色に達するが、そこから再びレッドには戻らず、別のラセン形に移って、薄紫がかった一種の灰色で始まり、ついで人間の知覚を超越した、隠れた色合いの領域に入っていく、というのである。レイクはまた、都会派《アッシュカン》やキャッシュ・キャッシュ派やカンカン派などというものはないということ、ひも、切手、左翼系の新聞、ハトの糞などを用いてつくる芸術品は退屈きわまる陳腐な考え方にもとづくこと、偏執病ほど俗悪でブルジョア的なものはないということ、ダリは実際にはノーマン・ロックウェルのふたごの兄で赤ん坊の頃ジプシーに誘拐されたのだということ、ヴァン・ゴッホは二流の画家であり、商業主義的な欠点があるにせよ、ピカソが最高であるということ、などを教えた。そして、ドガが四輪馬車を不朽のものになしうるなら、ヴィクター・ウィンド[2]とて自動車に永遠性を与えうるはずだと語った。

それを行うには、風景を自動車に浸透させるのも一案かもしれない。磨かれた黒塗りのセダンはかっこうの主題である。それも、重苦しげな春の空と並木道とが交差するところに車がとめてあれば、特に好都合だ。春の空に浮んでいるふくれあがった灰色の雲と、雲の合間に点在するアメーバーのような青いしみとは、無口なニレの木や捕えどころのない舗道よりもずっと実質的に見える。まず、車体を曲線や区画に分解してしまう。それから、その各部分に映るさまざまな影によってその車体を再び組み立てる。それらの影は車体の部分によって異なる。たとえば車の屋根はさかさまになった樹木の影を映し、そのぼやけ

2　一九七八年に亡くなったアメリカの大衆画家

た枝は淡く描かれた空に根のように生え、クジラのような建物がかたわらを泳いでいく(これは建築学的な思いつきだ)。ボンネットの片側は一筋の荘厳で鮮やかなコバルト色の縞におおわれ、非常に繊細な黒い小枝の影が、後部の窓の外側の表面に映しだされる。バンパーの上には、拡大された地平線を背景にすばらしい砂漠の光景がひろがり、遠くに一軒の家があり、別の彼方に木が一本たっている……。この模写的で統合的な過程を、レイクは人造物の必要な「馴化《じゅんか》」と呼んでいた。クラントンの街でヴィクターは、適当な車を見つけては、その周囲をうろつきまわった。突然、半ば雲におおわれてはいるが目のくらむような太陽が、彼の仲間になる。彼が考えているこの種の盗みにはこれ以上望ましい共犯者はいない。陽光にふちどられたヘッド・ライトのガラスや、クローム鋼板の上に、彼は、街や自分自身の映像を発見する。五百年まえ、ファン・アイクやペトルス・クリストゥスやメムリンクは、気むずかしげな商人や家庭向きの聖母の像を描いたとき、念入りな室内描写の一部としてその背景に小さな凸面鏡を描きいれ、その非常に特殊で魔術的な鏡のなかに部屋の縮図(そのなかに人間のうしろ姿も縮小されて入っている)を映しだしたものだが、いま車体に映っているヴィクターや街の映像はそれに匹敵するものだった。

ヴィクターは校友会雑誌の最新号に、モワネという筆名を用い、「悪しき赤色はすべて避けよ。念入りに創られたものとて、それは依然として悪しきものなれば」というモットー（このモットーは絵画の技法に関する古い書物から引用したものだが、政治的なアフォリズムの気味が多少ある）をかかげて、画家に関する詩を寄稿した。その詩はつぎのような言葉で始まっていた――

レオナルドよ！
不思議な病気が鉛をまぜたアカネ色を襲う。
おまえがあのように赤く描いたモナ・リザの唇も、
いまや尼僧のごとく血の気が失せた。

彼は昔の巨匠たちがしたように、ハチミツ、イチジクの汁、ケシの油、桃色のカタツムリの粘液などで、自分の絵具をより芳醇にすることを夢見ていた。彼は水彩画や油絵の画法を愛していたが、あまりにももろいパステルと、あまりにも粗《あら》いディステンパー画法には、警戒心を抱いていた。彼は飽くことを知らぬ子供のように、辛抱づよく入念に自分の媒体を研究した。その姿は（いまや夢想しているのはレイクのほうなのだが）画家の徒弟たち――短く切った髪と輝く眼をして、光と影を描く偉大なイタリアの画家の仕事場で、この世のものとも思われぬ釉薬《うわぐすり》と琥珀の世界にうずもれ、何年ものあいだ絵具をすりつぶして過す若者たちを思わせた。八歳のとき、彼は空気を描きたいと母親に告げたことがある。九歳のときには、水彩絵具をぼかした描き方がもたらす感覚的な喜びを、すでに知っていた。ヴェールにおおわれた明暗《ヴアリユー》と半透明のアンダートーンとから生れた優美な明暗法は、抽象画の鉄格子の彼方におしやられ、いまわしい原始主義《プリミテイヴイズム》の救貧院のなかで、ずっと以前に死んでいたのだが、そんなことはヴィクターにはどうでもよいことだった。彼はさまざまな対象物、リンゴ、鉛筆、チェスの歩、クシなどを、水を入れたコップのうしろに順番におき、そのひとつひとつを念入りに透かして見た。赤いリンゴはまっすぐな水平線を背後にひかえた輪郭のはっきりした赤い帯、コップ半杯分のサウジ・アラビアの紅海になった。短い鉛筆は、斜めにもつと、図案化された蛇のような曲線となり、垂直にすれば、途方もなく肥大して、ほとんどピラミッドのようになった。黒いチェスの歩を前後に動かすと、分裂して二匹の黒アリとなった。クシをまっすぐに立てると、美しい縞のある液体、ゼブラ・カクテルでコップが満たされるような感じがした。

6

ヴィクターが到着する予定の日の前日、プニンはウェインデルの本通りにあるスポーツ用品店にはいり、フットボールの球はないかとたずねた。季節はずれの注文ではあったが、ともかく一個のボールがさし出された。

「いや、いや、ちがいます」とプニンが言った。「わたしが欲しいのはそんな卵形のものや、魚雷のようなものなんかじゃありません。単なるフットボールの球なんです。まるい！」

そして、彼は両の手首と手のひらで、まるい地球のような形をつくってみせた。それは授業でプーシュキンの「調和のとれた完全さ」を説明するときに、彼がよくやる手ぶりと同じだった。

店員は指を一本あげ、黙ってサッカーのボールを奥からもってきた。

「そうです、これです」と、威厳のこもった満足そうな面持ちでプニンは言った。

茶色の包装紙でつつみ、セロテープでとめたその品物をたずさえて、彼はこんどは本屋にいき、『マーティン・イーデン』はないかときいた。

背が高くて色の浅黒い係の女は、「イーデン、イーデン、イーデン」と口早にくりかえしながら、額をこすった。「ええっと、イギリスの政治家に関する本じゃないんでしょうね？それともそうなんですか？」

「いや、有名なアメリカの作家ジャック・ロンドンの書いた有名な作品ですよ」とプニンは答えた。

「ロンドン、ロンドン、ロンドン」とその女はこめかみを押えながら言った。

時事的な詩を書いているトゥイード氏とかいう彼女の夫が、パイプを手にしながら応援にきた。彼はしばらく探したのち、あまり繁盛してもいない彼の店の、ほこりだらけの奥のほうから、『狼の息子』の古い版を一冊ひっぱり出してきた。

「申し訳ありませんが、手前どもには、この作家の本はこれしかございません」と彼は言った。

「不思議だ！」とプニンが言った。「名声の栄枯盛衰か！ わたしの覚えているところでは、ロシアでは誰もが——子供も大人も弁護士も医者も——すべての人が彼の作品をくりかえし読んだものでした。もちろん、これは彼の一番の傑作じゃありませんが、いいです。頂いていきましょう」

プニン教授は、その年下宿をしていた家に帰ると、二階の客間の机の上に、買ってきたボールと本をおいた。そして、顔をそらせるようにして、それらの贈物を観察した。不恰好な包装紙にくるまれているボールは、あまりいい感じがしなかった。彼は包みをほどいた。ボールは美しい皮革をあらわした。その部屋は清潔で居心地がよかった。雪合戦の雪の球が先生のシルク・ハットをはね飛ばしている絵は、中学生が喜びそうなものだった。ベッドは掃除婦が整えてくれたばかりだった。家主のビル・シェパード老人が一階からあがってきて、机のスタンドに新しい電球をおごそかに差し込んでおいてくれた。暖かい湿った風が開いた窓から押し入るようにして吹きこんできた。下を流れるあふれるばかりの小川の水の音が聞えてくる。雨になろうとしていた。プニンは窓を閉じた。

同じ階の自分の部屋に、彼はメモを見つけた。ヴィクターが打った電報の簡潔な電文が電話で伝えられていた——少年はきっかり二十四時間遅れると記してある。

7

ヴィクターとほかの五人の少年は、屋根裏で葉巻をふかしたために、復活祭の休暇の貴重な一日を謹慎させられていた。ヴィクターは胃に吐き気がするためと、嗅覚アレルギーのために（それらのことはすべてウィンド夫妻には、注意深く隠されていた）、二度ほど顔をしかめて、ちょっとふかしたほかは、実際には喫煙に参加していなかった。何度か彼は、もっとも仲のよい友達のうちの二人——向う見ずな乱暴者のトニー・ブレイド・ジュニアとランス・ボークに忠実に従って、禁じられている屋根裏にいった。そこへいくには、物置部屋を通りぬけ、それから鉄のはしごをのぼる。はしごは屋根のすぐ下の狭い通路に通じていた。そこでは、梁や板、入り組んだ仕切り壁、薄いひさしなど魅力的で奇妙にもろい建物の骨組みが、露出して、手で触れることができた。薄っぺらな木摺をとおして基部が陥没し、目に見えない下方の天井からはみ出たしっくいが、パリパリ音をたてた。破風の最先端には壁龕《へきがん》があり、入り組んだ屋根裏の迷宮は、その壁龕に隠されている小さな壇のところで終っている。壇の周囲には、古い漫画本や最近ふかした葉巻の灰などが、きたならしく散らかっていた。葉巻の灰が発見され、少年たちは白状した。聖バーソロミュー学園でむかし校長をつとめて有名だった人の孫であるトニー・ブレイドは、家庭の事情のために帰宅を許可された。彼を盲愛している従兄が、ヨーロッパに旅立つまえに彼に会いたいと願ったからである。だが賢明にもトニーは、仲間のものたちと一緒に禁足されることを懇請した。

ヴィクターの頃の校長は、すでに述べたようにホッパー師であった。彼は黒い髪をした、若々しい顔つきの、愛想のいい能なしで、ボストンのご婦人方から非常に賞讃されていた。ヴィクターと仲間の罪人たちがホッパー師の家族全員と夕食の席に坐っていたとき、さまざまな見えすいたほのめかしが、声の美しいホッパー夫人から特にたびたびなされた。夫人はイギリス女で、彼女の伯母は伯爵と結婚していた。夫人がちらりちらりともらしたところによると、校長の怒りも和らいで、六人の少年は早めに寝かされるかわりに、町へ映画を見につれてってもらえるかもしれないというのである。食事が終ると、彼女は少年たちにやさしくウィンクして、ホールのほうへさっさと歩きだした校長のあとを追うように命じた。

旧式の評議員なら、平凡だったその短い在職期間に、ホッパーが悪質な違反をおかした生徒に対して一度か二度ひどい刑罰をくわえたことを、大目に見てやるのが当然だと考えるかもしれない。しかし、少年たちが腹にすえかね、とうてい我慢できないと思ったのは、校長がホールへいく途中で立ちどまり、その赤い唇をゆがめて洩らしたにやにや笑いであった。というのは、校長がホールにいったのは、四角にきれいにたたんだ衣類、すなわち法衣と白袈裟とを取りにいくためだったからである。門のところにはステーション・ワゴンが待機していた。「刑罰に活を入れようとして」(と少年たちは言ったが)、その欺瞞的な牧師校長は、十二マイルはなれたラッドバーンの、レンガ造りの寒い教会堂で、わずかな会衆をまえに招聘牧師として行なった礼拝に、少年たちを連れていったのである。

8

理論的には、クラントンからウェインデルまでのいちばん簡単な道筋は、フレイミングハムまでタクシーでいき、そこからオールバニーまで急行に乗り、ついで普通列車に乗って北西の方向へしばらくいくという方法である。だが、実際には、そのいちばん簡単な道筋は、いちばん非実際的な道筋でもあった。二つの鉄道のあいだに厳粛なる宿怨でも存在するのか、それとも、他の輸送機関に機会を提供するのが公平というものだと両者の意見が一致したためか、いずれにせよ、いかに時刻表をひっくり返して調べても、その二つの鉄道を乗り継ぐには、オールバニーで三時間待つというのが、望みうる最短の時間だった。

オールバニーを午前十一時に出発して、ウェインデルに午後三時ごろに到着するバスがあるが、それに乗るには、フレイミングハム発六時三十一分の列車に乗らなければならない。ヴィクターはそんなに早くは起きられそうにないと思った。そのかわりに彼は、少しあとの、それよりかなり速度の遅い列車に乗り、オールバニーで、ウェインデル行きの最終バスに間に合った。バスは夜の八時半にウェインデルに着いた。

途中ずっと雨が降っていた。ウェインデルの終点に着いたときも、いぜんとして降っていた。ヴィクターは、その幻想癖と、おだやかな脱俗的な気質のために、列をつくって順番を待つときは、いつもきまっていちばんうしろだった。われわれが足のびっこや視力の弱さにいつしか慣れるように、彼はこのハンディキャップにずっと以前から慣れっこになっていた。彼はその高い背丈を少しかがめながら、バスの出口から濡れて光るアスファルトの上へ順々に乗客が降りていくのを、辛抱強く待っていた。セロファンに包まれたジャガイモのように、半透明のレイン・コートを身につけた、二人のずんぐりした老婦人。華奢で弱々しい首すじの、髪を短く角刈りにした、七、八歳の少年。体が幾重にも曲った、おずおずした初老の不具者——彼は手助けをみな断わり、少しずつ体を移動させておりていった。バラ色のひざをした、半ズボン姿の、ウェインデル大学の女子学生三人。先に降りた少年の、疲れ切った母親。その他多数の乗客。それからやっとヴィクターの番がきたが、彼は片手に旅行カバンをもち、小脇に二冊の雑誌をかかえて降りた。

バス停留所のアーチの下の通路で、黒い眼鏡をかけ、黒い書類カバンをかかえた、褐色がかった顔色の頭が完全に禿げあがっている男が、細首の少年を愛想よく歓迎して、もの問いたげに少年のほうにかがんだ。だが少年は首をしきりにふりながら、グレイハウンドのバスの横腹から手荷物が出てくるのを待っている自分の母親を指さした。ヴィクターがはにかみながら元気よく進み出て、その代償行為を中断させた。頭のてっぺんまで褐色の禿頭紳士は、眼鏡をはずして上体を起し、自分の前にそびえ立っている背の高いヴィクターのほうを見あげ、その青い眼や、赤みがかった褐色の髪をまじまじと見つめた。充分に発達したプニンの頬骨の筋肉がもちあがり、日焼けした彼の頬が左右にまるくひろがった。そして、額、鼻、大きな美しい耳までが、その微笑に加わった。どの点から見ても、すこぶる申し分のない出会いであった。

プニンは、もしヴィクターが雨を気にしないなら、荷物をその場に残しておいて、ちょっと歩いてみないかと提案した（雨足ははげしく、暗闇のなかの、騒がしい大きな木々の下で、アスファルトは小さな湖のように輝いていた）。これからスナックにでもいって遅い夕食をとるようにすれば、少年が喜ぶだろうとプニンは考えたのだ。

「旅行はどうだった？　おそろしいことやいやな目に会わなかったかい？」

「いいえ、ちっとも」

「おなかは空いてる？」

「いいえ。それほど空いてはいません」

「わたしの名前はティマフェイ」古くてみすぼらしいスナックの、窓ぎわのテーブルに腰をおろしながら、プニンは言った。「二番目の音節はモフというよりはマフに近いし、アクセントは最後の音節のエイのところにあるんだが、少し音を長びかせるようにしたほうがいい。ティマフェーイ・パーヴロヴィッチ・プニン、すなわち、『パウロの子ティモシー』という意味だ。ファミリー・ネームのほうは第一音節にアクセントをおき、あとの部分はぼかして発音する。――ティマフェーイ・パールウィッチ、ぐらいにね。わたしは長いこと心のなかで――このナイフやフォークはよく拭いたほうがいいよ――あれこれ考えてみたんだが、君はわたしのことを単にミスター・ティム、あるいは、わたしと非常に気の合う同僚たちがよくやるように、ミスターをとってただティムと呼びすてにすべきだという結論に達したよ。もちろんこれは――君は何を食べる? 仔牛のカツレツ? オーケー、わたしも仔牛のカツレツにしよう――もちろんこんな風習は、わたしの新しい祖国であるアメリカへの譲歩なんだけどね。すばらしいアメリカ、それはときどきわたしを驚かすこともあるけど、わたしの心にいつも尊敬の気持を起させる。このアメリカにきた当初、わたしが非常にまごついたのは――」

アメリカにきた当初、プニンが非常にまごついたのは、アメリカでは、きわめて気軽にクリスチャン・ネームで呼び合うことであった。少量のウィスキーに氷片をいれたもので始まり、最後は大量のウィスキーをわずかな水で割ったもので終るパーティーでいちど出会っただけなのに、こめかみの髪が白くなっている見知らぬ男をジムと呼ばねばならないし、相手もその後はずっとこちらをティムと呼ぶのである。こちらがうっかりして、翌朝、相手をエヴェレット教授（それがこちらの承知している相手の名前なのだ）と呼ぼうものなら、（相手にとって）たいへんな侮辱になる。プニンはヨーロッパ時代、およびアメリカにきてからのロシア人の友人たちをふり返ってみて、たとえば一九二〇年以来ずっと親しくしておりながら、しかもヴァディム・ヴァディミッチとかイワン・フリストフォロヴィッチとかサミュイル・イズレイルヴィッチのように、かならずファミリー・ネームをつけて呼ぶ友人を少なくとも六十人は軽く数えることができた。相手のほうもまた、出会ったときはかならず、力強い握手を暖かくかわしながら、同じように友情をこめて、ファミリー・ネームをつけて彼の名を呼ぶのである。「ああ、ティマフェイ・パールウィチ！元気かい？　すごく元気そうじゃないか！」

プニンは話しつづけた。ヴィクターは彼のおしゃべりに驚きはしなかった。彼はロシア人が英語をしゃべるのをそれまでに幾度も聞いたことがあったのだ。プニンの英語の発音がフランス語の発音に似ているところがあっても、別に気にもしなかった。

「わたしは英語よりもフランス語のほうが流暢に話せる」とプニンが言った。「だが君は――」それからフランス語で、「君はフランス語がわかる？　非常によく？　かなりよく？　少し？」

「ほんの少しです」とヴィクターはフランス語で答えた。

「それは残念、でも仕方がない。こんどはスポーツの話をしよう。ロシア文学にボクシングの描写が最初にあらわれるのは、ミハイル・レールモントフの詩だが、彼は一八一四年生れ、一八四一年に決闘をして殺された――この生年と没年はとても覚えやすいだろう。一方、テニスはトルストイの小説『アンナ・カレーニナ』にはじめて出てくるが、それは一八七五年のことだ。若い頃、ラブラドーと同じ緯度にあたるロシアの田舎で、ある日わたしはラケットを貸してもらって、東洋学者のゴトヴツェーフの一家とテニスをしたことがある。彼の名は君も聞いたことがあるかもしれない。すばらしい夏の日だったことを覚えている。わたしたちは何回も何回も続けざまにプレーをしてね。とうとう十二のボールがみんななくなってしまった。君も歳をとったら、昔のことを懐かしく思うようになるよ」

「もうひとつのスポーツは」と、プニンは砂糖を惜しみなくコーヒーに注ぎながら話を続けた、「もちろんクロッケーだった。わたしはそのチャンピオンでね。でも、みんなから愛好された国民的遊戯といえば、いわゆるガラッキーと呼ばれていたもので、それはもともと『小さな町』という意味なんだ。そのゲームをやった庭園の一隅の、青年時代のすばらしい雰囲気が思い出される。わたしはたくましかった。刺繍で飾られたロシアのシャツを着ていた。いまではあんな健康的なゲームを誰もやるものはいない」

彼はカツレツを食べ終ると、再びもとの話題に戻った——

「地面の上に大きな正方形を描き、そこに円筒形の木塊を円柱のようにならべておく。そして、少しはなれたところから、太い棒をその木塊めがけて力一杯投げつける。ブーメランみたいにね。腕を一杯に伸ばして……ごめん、ごめん……よかったよ、塩じゃなくて砂糖で」

「いまでも聞える」プニンは塩か胡椒の容器を手に取りながら、記憶の持続性に驚いて軽く頭を振った、「いまでも聞えるよ、命中して木塊が空に舞いあがったときのパシッという音がね。肉を食べないの？　好きじゃない？」

「いいえ、とてもおいしい肉です」とヴィクターは言った。「しかし、ぼく、あまりおなかが空いてないんです」

「だけど、君はもっと食べなくちゃいけないよ、フットボールの選手になりたいんだったら、もっと、もっと食べなくちゃ」

「ぼく、フットボールはあまり好きじゃありません。正直いうと、大嫌いなんです。スポーツってのは、ぼくにはどうも苦手なんです」

「フットボールが好きじゃない?」とプニンは言った。表情に富む大きな顔に当惑の色が浮んだ。彼は唇をすぼめた。それから、ひらいた——だがなにもいわなかった。黙って彼は自分のヴァニラ・アイスクリームを食べた。それにはヴァニラもクリームも入ってはいなかった。

「君の荷物をとりにいって、それからタクシーをひろおう」とプニンは言った。

シェパード家に到着すると、プニンはヴィクターを居間に案内し、すぐに当主のビル・シェパード老人と弟のボッブ・シェパードに、ヴィクターを紹介した。ビル・シェパード老人(彼はまったくのつんぼで、片方の耳に白いボタンのようなものをつけていた)は、以前、大学の敷地の管理者を勤めていた人であり、ボッブ・シェパードは妻の死後、兄と一緒に暮すためにバッファローから最近やってきたばかりだった。プニンはしばらくのあいだ二人にヴィクターを委して、バタバタと二階に駆けあがっていった。その家はつくりが頑丈ではなかったので、階下の部屋にあるものが、威勢よく二階に駆けあがる足音と、二階の客間の窓枠が不意にギイッーときしむ音とに反応して、さまざまな震動を示した。

「あそこにあるあの絵はね」と、つんぼのシェパードは、壁にかかっている大きくて不鮮明な水彩画を教師のように指さしながらいった、「あれは弟とわしが五十年ほどまえ、夏になるとよくいっていた農場の絵だよ。母の学校友達のグレース・ウェルズという女性が描いたものだ。彼女の息子のチャーリー・ウェルズはいまこのウェインデルヴィルでホテルをやっててね——ニーン（プニン）博士も会ったことがあると思うが——非常に立派な人だ。死んだわしの家内もやっぱり画家だった。すぐあとで家内の絵もお見せするよ。ところで、ほら、あの木、あの納屋のうしろの——ほら、見えるだろう——」

ガタガタガシャンというすさまじい音が階段から聞えてきた。降りる途中でプニンが足を踏みはずしたのだ。

「一九〇五年の春だったな」と、シェパード氏は人さし指を絵に向って振りながらいった、「あのハコヤナギの木の下で——」

彼は弟とヴィクターが部屋を飛びだし、階段の下にいってしまったことに気がついた。かわいそうにプニンは、最後の数段は仰向けになって降りてきたのだった。彼はしばらく仰向けになったまま、目をキョロキョロ動かしていた。それから、手を引っぱってもらって起きあがった。骨はどこも折れていない。

プニンは微笑して言った、「まるでトルストイのすばらしい物語みたいだね。――ヴィクター、君もいつかは読まなければいけないよ――落っこちて、その結果、腎臓癌になったあのイワン・イリッチ・ゴロヴィンの話だ。さあ、ヴィクター、二階にあがろう」

ヴィクターはカバンをもって、プニンのあとについてあがった。階段の踊り場に、ヴァン・ゴッホの『子守女』の複製がかけてあった。通りすがりにヴィクターはそれに気づき、皮肉な会釈を送った。客間の開いた窓の、枠にかこまれた黒い空間から、香りのよい梢を打つ雨の音が聞え、部屋のなかはそのざわめきで一杯だった。机の上に本の包みと十ドル紙幣がおいてあった。ヴィクターは顔を輝かせ、がさつだが思いやりのある贈り主にお辞儀をした。「包みをあけてごらん」とプニンがいった。

ヴィクターはうやうやしい熱心な態度を示しながら、その言葉に従った。それから、ベッドの端に腰をおろした。そして、金褐色の光沢のある柔らかい髪を右のこめかみの上に長くたらし、灰色の上着の外にはみ出た縞のネクタイをぶらぶらさせ、灰色のフランネルのズボンをはいた大きな膝をもてあまし気味に開いて、興味深そうに本をひろげた。彼はその本を賞讃するつもりだった。第一に、それが贈物だからであり、第二に、プニンが母国語から翻訳したものだと思ったからである。彼は「精神療法研究所」にロシア出身のヤコヴ・ロンドン博士とかいう人がいたのを思い出した。しかも、あいにくにも、ヴィクターはユーコン・インディアンの酋長の娘ザリンスカのことが書いてある一節に目をとめ、気軽に彼女をロシアの乙女だと思いこんでしまった。「彼女の大きな黒い瞳は、恐怖と反抗の色を浮べて、部族の人たちを見すえた。極度の緊張のために、彼女は呼吸をすることも忘れていた……」

「この本はとても面白そうですね」とヴィクターは丁重に言った。「このまえの夏、ぼくは『罪と罰』を読み――」少年らしいあくびが、しきりに微笑をたたえているヴィクターの口もとをふくらませた。プニンはパリで、アルベニン家やポリヤンスキー家での長い愉快なパーティーのあと、リーザがあくびをもらすのを、同情と容認と心痛とをもって眺めたことがある。あれは十五年、二十年、いや二十五年まえのことだった。

「今夜はもう読むのをやめなさい」とプニンは言った。「その本はとても面白い本だけど、明日になったらいくらでも読むことができる。お休み。バスルームは踊り場のむこうだよ」

彼はヴィクターと握手をして、自分の部屋に歩いていった。

9

いぜんとして雨が降っていた。シェパード家の灯りはみな消えている。庭のうしろの小さな谷を流れる小川は、ふだんはチョロチョロとしか水がなかったが、今夜は騒々しい奔流と化し、下流に向ってはげしく流れ落ちながら、ブナやハリモミの回廊を縫って、葉のない小枝や昨年の落葉、棄てられた真新しいサッカーのボールなどを運んだ。そのボールは、プニンが窓から放り出して始末したのち、傾斜した芝生をくだって水中にころがりこんだのである。プニンは背中が痛んだが、やっと眠りに落ちた。ボルシェヴィキから逃げだして以来すでに三分の一世紀が過ぎたが、いまでもなおロシアの亡命者たちにつきまとうあの夢のひとつのなかで、プニンは風変りな外套を身につけ、月光が雲にさえぎられたのに乗じて奇怪な宮殿を抜け出し、墨汁の池を通って逃走した。そして、死んだ友人のイリヤ・イシドロヴィッチ・ポリヤンスキーと一緒に荒涼とした浜辺を歩きまわり、絶望の海の彼方から、不可思議な救いの手がゆれ動く舟にのって到着するのを待っていた。シェパード兄弟は隣り合せのベッドの「健康美容マットレス」の上に横になり、どちらも目を覚ましていた。弟は暗闇のなかで屋根を打つはげしい雨や濡れそぼつ庭のたたずまいに耳を傾けながら、こんなお粗末な家はけっきょく売ったほうがいいのではないかと考えていた。兄は静寂、湿っぽい緑の墓地、古い農場、何年も前に遠い親類のジョン・ヘッドを落雷のために死なせたポプラの木、などのことを考えていた。ヴィクターは、今夜ばかりは、枕の下に頭を入れるやいなやただちに寝入った——それは最近案出された睡眠法で、エリック・ウィンド博士など（エクアドルのキトーで、噴水のそばのベンチに坐りながら）とうてい気のつきそうにないものである。一時半頃シェパード兄弟はいびきをかきはじめた。つんぼの兄のほうは息を吐き終るたびにゴロゴロと音をたて、ゼイゼイとつつましく悲しげな音をもらす弟よりも、何倍もやかましかった。プニンが夢のなかでいぜんとして歩きまわっている砂浜では（憂慮した彼の友人は地図をとりに家に帰った）、突然一組の足跡が彼に向って近づいてきた。プニンはあえぎながら目を覚ました。背中が痛んだ。もう四時を過ぎている。雨はやんでいた。

プニンはロシア風の「オッ、オッ、オッ」という吐息をつきながら、もっと寝心地のいい姿勢をとろうとした。ビル・シェパード老人は階下のバスルームに重い足取りで歩いていき、家じゅうを振動させると、またトボトボと戻ってきた。

まもなく彼らはみな再び眠りに落ちた。無人の街でのすばらしい光景を誰も見なかったのは残念なことだった。そこでは、夜明けの微風が光り輝く大きな水たまりの表面に漣《さざなみ》を呼び起し、電話線の影を判読しがたい黒いジグザグに映し出していたのだ。

第五章

1

アメリカ、ニュー・イングランド地方の美しい州のなかでも、もっとも美しい州のひとつにある、エトリック山と呼ばれる樹木の生い茂った標高八百フィートの丘の上に、めったに人の訪れない古い展望塔（以前は、「見晴らしの塔」と呼ばれていた）がある。その頂上から、冒険を求める夏の旅行者たち（ミランダ、メァリー、トム、ジム……手すりに鉛筆で書かれたかれらの名前はほとんど消えかかっている）は、主としてカエデ、ブナ、アメリカ・ポプラ、松などからなる広大な緑の樹海を見渡すことができる。約五マイルほど西の、教会の白い細長い尖塔が、かつては鉱泉で有名だったオンクウィードーの町の所在を示していた。三マイルほど北の、草深い小山のふもとの川岸の空地には、凝ったつくりの家の破風が見えた（それはクックの家、クックの屋敷、クックの城、あるいは最初の名称である「松屋敷」などというさまざまな名で知られていた）。エトリック山の南側を、州のハイウェイがオンクウィードーを抜けて東に伸びている。この州のハイウェイと（長辺）、オンクウィードーから東北に向ってやや曲りくねりながら「松屋敷」に通じている舗装された田舎道と（斜辺）、エトリック山の近くで鉄橋がかかり「松屋敷」の近くで木の橋のかかっている川と（短辺）、その三本の線で構成される直角三角形の内部の樹木の生い茂った平地には、多くの未舗装の道路や小道が縦横に交差していた。

一九五四年の夏のあるどんよりした暑い日に、展望塔を訪ねたメァリーやアルマイラ、そういえば、手すりにヴォルフガング・フォン・ゲーテの名を刻んだ古風なおどけものも、一台の自動車が橋にさしかかる直前でハイウェイから横にそれて、迷路のような怪しげな道をあっちへいきこっちへ戻ったりしながら走っているのに気づいたかもしれない。自動車は用心深くたよりなげに走っていた。気が変ると、ぐっと速度をおとし、足を蹴る犬のように、背後にほこりをまきあげた。展望塔からの想像上の観察者よりも非情な人間から見れば、その薄青い、年式不明の、調子も上乗とはいえない、卵形ツー・ドア・セダンの運転者は、ときおりまるで白痴のようにも思われたであろう。実はその運転者は、ウェインデル大学のティモフェイ・プニン教授だった。

その年、プニンは早くからウェインデル自動車学校で練習を始めていた。しかし、彼のいう「真の理解」が可能になったのは、二か月ほどたったころ、背の痛みのために病床に横たわり、州知事が専門家の協力をえて発行した四十ページほどの『運転者心得』とアメリカーナ百科事典の「自動車」の項とに非常な興味をもって専念したときだった。百科事典のその項には、変速装置、気化器、ブレーキなどの説明図や、グリドン・トロフィー・レース[1]の参加車が一九〇五年ごろの荒涼たる田舎道の泥にはまりこんでいる写真がのっていた。そのときになってはじめて彼は、病床に横たわったまま、つま先を動かして幻のギアを入れ替えながら、それまで自分がぼんやり感じていたことの二重性を克服することができたのである。実地の訓練をうけているとき無慈悲な教官が彼の素質を押えつけ、技術用語を連発して不必要な命令を発し、曲り角にくると彼からハンドルをもぎとろうとしたりして、おだやかで理知的な生徒である彼を卑俗な悪口で絶えずいらだたせるので、彼は自分が心のなかで運転している車と、実際に路上で運転している車とを、知覚的に結びつけることが全然できなかった。だが、いまやっとその二つが溶け合ったのだ。最初の運転免許の試験に彼が失敗したのは、主として、試験官を相手にはなはだ時機をわきまえない議論を始めたからであった。彼は、周囲に車も人もぜんぜん見当らないときでも赤信号では停止するように条件反射の能力をみがかなければならないとすれば、それは理性のある人間にとってこの上ない屈辱であると言いだしたのである。二度目の試験のときは彼ももう少し慎重になり、パスすることができた。彼のロシア語課程に登録している四年生の美

訳注

1 ニュー・イングランド地方の電信電話施設の創設者チャールズ・グリドンは自動車にも興味をもち、アメリカ自動車連盟にグリドン・トロフィーを贈った。ただし、アメリカーナの邦訳時の版にはここに書いてあるような写真も記事もない

人学生マリリン・ホームが、自分のお粗末な中古車を百ドルで彼に売ってくれた。彼女はそれよりもはるかに豪華な自動車の所有者と結婚することになったのだ。途中で民宿に一泊してのウェインデルからオンクウィードーまでの旅は、時間がかかり困難ではあったが、事件らしいものはなにも起らなかった。オンクウィードーに入る直前、プニンはガソリン・スタンドで車をとめ、田舎の空気を吸うために車の外に出た。不可思議な白い空がクローバーの草原の上にたれこめ、掘立て小屋のそばの積み重ねられた薪のかげから、耳ざわりではでな雄鶏の叫び声が聞えてきた――気どり屋の声だ。このややしわがれ声の鶏の詠唱のなかに、プニンの注意を惹こうとしてしきりに吹きつけてくる熱風と一緒になって、ほんの一瞬ではあったが、はるか昔のある死んだような一日のことをふと思い起させるものがあった。それは、ペテルブルグ大学一年生のプニンが、バルト海岸の避暑地の小さな駅に到着したときのことだった。

あの音、あの匂い、あの悲しみ――

「なんだかむし暑いですね」と、毛深い腕をしたスタンドの従業員がフロント・グラスをふきながら言った。

プニンは財布から手紙を取りだし、それについている小さな謄写版刷りの地図を広げて、教会までの距離をその男に訊ねた。クックの屋敷にいくには、その教会のところで左に曲ることになっている。その男はウェインデル大学のプニンの同僚であるハーゲン博士に実際驚くほどよく似ていた。下手な駄洒落と同じようにまったく無意味な、他人の空似というやつだ。

「そうですね、クックの屋敷にいくにはそれよりもっといい道がありますよ」と似非《えせ》ハーゲンが言った。「その道はトラックのためにめちゃめちゃになってますし、それに曲りくねってもいますからね。その道はやめて、このまままっすぐ進みなさい。オンクウィードーの町を通りぬけるんです。そして、町を出て五マイルほどいくと、左側にエトリック山に入る小道がありますが、そこを通りすぎて橋にさしかかる手前で、最初の曲り角を左に曲るんです。とてもいい砂利道があります」

彼はきびきびした動作でボンネットの周囲をまわり、反対側からフロント・グラスめがけてぼろを突き出した。

「その砂利道を北に進み、途中でどんな道にぶつかっても北に向って進み続ける――森のなかには小さな伐採道路がかなりありますがね、あなたはただ北に向って進めばいい。そうすりゃ、かっきり十二分ほどでクックの屋敷に着きます。間違いっこありません」

いまやプニンは約一時間も森の迷路をさまよっており、「北へ進む」、いや「北」という語それ自体が、自分にはなんの意味ももっていないという結論に達していた。彼はまた、理性的な存在である自分が、なぜゆきずりのおせっかい屋の言葉などに耳を傾ける気持になったのか、友人のアレクサンドル・ペトロヴィッチ・クコルニコフ（この地方ではアル・クックという名で知られている）が彼の大きなすばらしい別荘で夏をすごすように招待してくれたとき、ペダンティックなほど精密な指示を送ってくれたのに、なぜそれに従わなかったのか、われながらどうしてもわからなかった。この不運な運転者は、いまでは完全に道に迷ってしまい、本道に戻ることもできなかった。それにちょっと道をはずれれば溝やときには崖までが口をあけて待ちかまえているような狭くて車の跡だらけの悪路をのりきるには、彼はあまりにも経験が乏しかったので、あれこれ思い迷うことが多くてハンドルを切る手も鈍りがちになり、その結果、展望塔からの観察者が同情の目を向けたかもしれないような先刻の異様な光景の出現となったわけである。しかしその淋しい活気のない山には、一匹のアリ以外には生物の影はなかった。そのアリはアリで、自分の苦労をかかえていた。何時間も無意味な忍耐を続けたのち、なんとか塔の頂上の手すり（そこは彼の高速道路だ）まではたどりついたものの、いまや、はるか下方をめちゃくちゃにうろつきまわっている玩具のような自動車と同じように、ひどく困惑しているのである。風はおさまっていた。青ざめた空のもとで、梢の海が抱き包んでいるものは、死そのもののような感じだった。だが、まもなく一発の銃声がとどろき、一本の小枝が空中に跳ねあがった。すると、それまでそよとも動かなかった森の銃声のしたあたりで、密集した梢がはげしく揺れ動きはじめ、木から木へとその跳ねるような動きが軽快に伝播していくうちにその動きも次第におさまっていって、再びすべてが静かになった。一分が経過した。それから、あらゆることが同時に起った——アリは塔の屋根に通じる垂直な梁を発見して、新たな熱意に燃えながらのぼりはじめ、太陽は姿を現わし、絶望の頂点にあったプニンは、いつのまにか舗装された道路に出て、錆びつきながらもまだ光っている、「松屋敷」への方向を示す標識を見ていた。

2

アル・クックの父は、ロシア分離派教徒の流れをくむモスクワの富裕な商人ピョートル・クコルニコフ――独力独行の人で、芸術の保護者、博愛主義者であり、帝政ロシアの最後の皇帝の時代に、社会主義革命家のグループ（主としてテロリストたち）に財政的な援助をしたかどで、かなり居心地のよい要塞に二度ほど幽閉され、レーニンの時代には、ソヴィエトの刑務所でほとんど一週間にわたる中世的な拷問を受けたのち、「帝国主義のスパイ」として処刑されたあの有名なクコルニコフである。彼の遺族は一九二五年頃ハルビン経由でアメリカに渡った。若いクックは静かな忍耐強さ、実際的な洞察力、科学の素養などのおかげで、ある大きな化学会社の安定した高い地位を獲得した。落ち着きはらった大きな顔のまんなかに品のいい小さな鼻眼鏡を固定し、ずんぐりした体つきの彼は、非常に控え目な親切な男で、外見どおりの人間――会社の幹部、フリーメイソンの一員、ゴルフ・クラブの会員、裕福で用心深い男――であった。彼はスラヴ特有の軟音をかすかにまじえながら、癖のない正確な英語をみごとにしゃべった。お客にたいしては、無口ではあるが愛想のいい主人《ホスト》であり、両手にそれぞれハイボールを持ち、眼をきらきらと輝かせながら客に接した。しかし、たまたま親しいロシア人の旧友を深夜の客に迎えたようなときには、不意に堰《せき》を切ったように神やレールモントフや自由についての議論を始め、マルクス主義者が盗み聞きしていれば大いに当惑するであろうような、親ゆずりの性急な理想主義の片鱗をのぞかせるのだった。

彼は発明家チャールズ・G・マーシャルの弁舌さわやかな美しい金髪娘スーザン・マーシャルと結婚した。二人が健康な子供をたくさん生み育てるであろうことは衆目の一致するところであったので、手術の結果スーザンが生涯子供を生めない体になったことを知ったとき、それは小生にとっても、夫婦に好意を寄せる他の人々にとっても、たいへんなショックであった。彼らはまだ若く、見る人の心を和《なご》ませるような、古風な素朴さと真心とをもって深く愛しあっていた。そして、田舎の別荘を子供や孫たちで一杯にするかわりに、かれらは偶数年の夏ごとに年輩のロシア人たち（いわばクックの父や伯父にあたるような人たち）を呼び集めた。奇数年の夏には、アメリカ人――アレクサンドルの仕事上の知人や、スーザンの親類や友人を招待していた。

プニンが「松屋敷」を訪れるのは今度が初めてだったが、小生は以前にそこを訪れたことがある。そのとき、屋敷内の至るところに亡命ロシア人たち――一九二〇年頃ロシアを去った自由主義者と知識人たち――が群がっていた。ありとあらゆる木蔭や日蔭にかれらの姿は見え、丸木のベンチにすわって亡命作家――ブーニン、アルダノフ、シーリンなど――を論じたり、つるしたハンモックに横になり、ハエにたいする伝統的な防禦策としてロシア語新聞の日曜版を顔のうえにのせているものもいた。またあるものは、ベランダでジャム入りのお茶をすすったり、林のなかを歩きながら、このあたりのキノコの食用性を怪しんだりしていた。

堂々と落ち着きはらっている大柄の老紳士サムイル・ルヴォヴィッチ・シュポリャンスキーと、どもり癖のある興奮しやすい小男のフョードル・ニキティッチ・ポローシン伯爵は(二人はどちらもボルシェヴィキの独裁に抵抗するために民主団体によってロシア各地に結成されたあの英雄的な「地方政府」に一九二〇年頃加盟していた)、松林のなかをゆっくり歩きながら、自由ロシア委員会(かれらがニューヨークで創立したもの)とある新興の反共団体との次回の合同会議において採択されるべき戦術について論議していた。ハリエンジュの木に半ばすっぽりおおいかくされている東屋《あずまや》からは、哲学史のボロトフ教授と歴史哲学のシャトー教授の激論の応酬の断片が聞えてきた、「実在とは存続のことなんだ」

とボロトフの声がとどろき渡る。「ちがう！」と相手の声が叫ぶ、「石鹸の泡だって歯の化石と同じように実在しているんだ！」

　プニンとシャトーはどちらも一八九〇年代の後半に生れたので、比較的若い方だった。他の人たちはたいてい六十の坂をとっくに越えていた。一方、ポローシン伯爵夫人やボロトフ夫人など少数の婦人は、まだ四十代の後半にあり、新世界の衛生的な環境のおかげで、美しい容姿をまだ維持していたばかりか改善さえしていた。子供を連れてきている親もいた――その子供たちは、健康で背が高く、怠惰で扱いにくい、大学にいく年頃のアメリカ青年で、自然にたいする眼もなければロシア人らしいところもなく、両親の背景や過去の委細については、まったく関心を示さなかった。「松屋敷」で生活しているときも、両親とは精神的にも肉体的にもまったく別の次元にいるように見えた。ときどき次元間のもやもやした光を通りぬけてわれわれの次元に移ってきて、ロシア風の善意の冗談や心からなる忠告にたいして無愛想な反応を示すこともあったが、すぐに再び消えていくのだった。常によそよそしい冷然とした態度をとり（したがって、親にしてみればまるで一群の小妖精を生んだような感じだった）、金網をはったベランダでの長いにぎやかな晩餐のときも、クコルニコフ家の出してくれるすばらしいロシア料理よりも、オンクウィードーの店で売っているような罐詰食品のほうを好んだ。ポローシンは悲嘆にくれながら自分のふたごの子供（大学二年生のイゴールとオルガ）のことを次のようにいうのだった、「うちのふたごには本当に腹がたつよ。家で朝食か夕食のときに二人を見かけると、ぼくは非常に面白い、心のわくわくするような話題——たとえば、十七世紀のロシア極北地方における選挙制の自治政府のことだとか、ロシアにおける初期の医学校の歴史だとか——余談だけど、その問題については、一八八三年に出版されたチストヴィッチの秀れた研究があるね——ともかく、そんな話題をもちだそうとするんだが、すると二人はぷいといなくなって、自分の部屋にひきこもり、ラジオをつけるんだ」この若い二人はプニンが招待された夏にもきていた。だがかれらの姿は見えなかった。オルガのほうは自分の崇拝者で、週末を過すために豪華な自動車でボストンから訪ねてきた、誰もその苗字《みようじ》を知らない大学生とどこかにしけこんでいたし、イゴールは、ニューヨークのダンス学校にかよっているボロトフの娘で、エジプト人のような眼と褐色の手足をした美しい自堕落女のニーナと意気投合していたのである。そんなことでもなければ、こんな辺ぴな場所は二人にとっては息がつまりそうなほど退屈なところであったに違いない。

家事の世話をしていたのは、庶民階級出身の頑丈な六十女のプラスコーヴィアで、その溢れんばかりの活気はまるで四十女のようだった。手製のだぶだぶの半ズボンにライン水晶のついた地味なブラウスを着て、腰にこぶしをあてながら裏のベランダに立ち、鶏を見ている彼女の姿は、まさに気分が爽快になるような光景だった。アレクサンドルと彼の弟がハルビンで子供だった頃、二人の面倒をみたのは彼女である。いまは彼女の夫が家事の手助けをしていた。彼は陰気で鈍重な老コサックで、果実酒をつくることと、森の小動物を殺すこと以外には、製本道楽が彼の人生における主な生甲斐になっていた。その道楽は自ら学びおぼえたもので、ほとんど病的といってもよく、古いカタログであれ安雑誌であれ、手当り次第どんなものでも製本してしまうのだった。

その夏の招待客のなかで、プニンはシャトー教授とはよく知り合った仲だった。教授はプニンの青年時代からの友人で、二十代の始めにはプラハ大学に一緒に通ったことがある。プニンはまたボロトフ夫妻もよく知っていた。この前に会ったのは、一九四九年ボロトフがフランスから到着したときで、亡命ロシア学者連盟が夫妻のためにバービゾン・プラーザで晩餐会をひらき、プニンはその席で歓迎演説をした。個人的には、小生はボロトフと彼の哲学上の著作を少しも高く買ってはいない。彼の著作は曖昧さと陳腐さとの奇妙な結合なのだ。彼の業績はおそらく山、それも、一見事新しく意味深げにみえてもその実はまったく平凡陳腐な言説の山、というところだろう。しかし、その哀れな哲学者の妻である快活で豊満なヴァルヴァーラには、小生は常に好感をもっている。彼女は一九五一年にはじめて「松屋敷」を訪れるまでは、ニュー・イングランド地方の田園を見たことがなかった。そのため、この地方のカバやコケモモに惑わされて、オンクウィードー湖が、たとえばバルカン半島のオフリド湖と同じ緯度に位置しているとは考えず、ロシア北部のオネガ湖と同じ緯度の上にあるのだと思いこんでしまった。彼女はボルシェヴィキを逃れて西ヨーロッパに亡命する以前、幼年時代の十五年を、著名な女権拡張論者で社会事業家だった叔母のリディア・ヴィノグラードフと共にそのオネガ湖畔で過したのである。そういったわけで、虫や花を求めて飛ぶハチドリや咲きほこるキササゲの姿は、異常あるいは異様なものを見たような印象をヴァルヴァーラの心に与えた。また、彼女にとって動物寓話集[2]の絵などよりももっと非現実的だったのは、腐りかけて美味な古い木材をかじりにきた大きなヤマアラシや、裏庭で猫のミルクをひそかに試飲している、優美でおくびょうなスカンクたちの姿だった。彼女は正体のわからない多数の植物や動物に当惑し魅了された。アメリカ・ムシクイを迷子のカナリアと間違えたこともあったし、スーザンの誕生日に、食卓の装飾用として、ツタウルシの美しい葉をソバカスのあるピンク色の胸に一杯かかえな

2　中世ヨーロッパで広く読まれた人間風刺の物語詩

がら、意気揚々とあえぎながら持ちこんできた有名な話も伝わっている。

3

ボロトフ夫妻とスラックス姿の小柄でやせたシュポリャンスキー夫人が、野生のルピナスにふちどられた砂地の道に用心深く車を乗入れるプニンの姿を見た最初の人たちだった。プニンは上体を直立させ、自動車よりもトラクターの扱いに慣れている百姓のようにぎこちなくハンドルを握りながら、時速十マイルで低速ギアのまま、舗装された道路と「クックの城」を隔てている古くてぼうぼうに生い茂った、妙に本物に見える松の林に入ってきた。

ヴァルヴァーラは東屋《あずまや》の腰掛けから軽快に立ちあがった——彼女とローザ・シュポリャンスキーはそこでボロトフが古ぼけた本を読みながら、禁断の煙草をふかしているのをちょうど見つけたところだった。彼女は拍手をしてプニンを歓迎した。彼女の夫は読みかけのところに親指をはさんで本をゆっくりふりながら、精一杯のお愛想を示した。プニンはエンジンを切り、すわったままで友人たちにほほえみかけた。緑のスポーツシャツのえりはあき、チャックを少しおろしたウィンドブレーカーは、堂々たる彼の胴体にはきつすぎるように見える。額にしわをよせ、蠕虫《ぜんちゅう》のような血管をこめかみに浮きたたせながら、彼は青銅色の禿頭を低くまげ、ドアのハンドルと格闘の末、やっと車の外に飛びだした。

「自動車、それにその服装――すっかりアメリカ人になったわね、アイゼンハワーそっくりよ！」とヴァルヴァーラはロシア語で言って、プニンをローザ・アブラモヴナ・シュポリャンスキーに紹介した。

「四十年ほどまえ、わたしたちの共通のお友達で……」と、その婦人は物珍しそうにプニンの顔を見つめながら言った。

「おお、そんな天文学的な数字はもち出さないことにしよう」ボロトフは親指のかわりに草の葉を本にはさみながら近よってきた。「実はね」と彼はプニンと握手しながら言葉を続けた、「ぼくはいま『アンナ・カレーニナ』を読みかえしているんだが、これで七回目だ。ところが、四十年まえどころか、七歳の子供だった六十年まえと同じように、大きな喜びを感じるんだ。しかも読みかえすたびに、何か新しいことを発見する――たとえば、こんど気がついたのは、作者は自分の小説が何曜日に始まるのかを知らないということだ。一見したところ金曜日らしく思われる。というのは時計師《クロツクマン》がオブロンスキー家の時計を巻きにくるのが金曜だからね。だが、スケート・リンクにおけるレーヴィンとキティの母親の会話では、木曜日になっている」

「そんなことどうだっていいじゃないの」とヴァルヴァーラが叫んだ。「正確な日付なんて、だれも知りたいなんて思いはしないわよ！」

「わたしは正確な日付が分ると思います」と、プニンは縞《しま》になって射しこんでいる陽光の中で目をしばたたき、北国の松の懐かしいにおいを胸に吸い込みながら言った。「小説は一八七二年の初め、すなわち新暦の二月二十三日、金曜日に始まります。オブロンスキーはベイストがヴィースバーデンにいったと噂されていることを朝刊の記事で読む。これはもちろんフリードリッヒ・フェルディナンド・フォン・ベイスト伯のことで、駐英オーストリア大使に任命されたばかりです。彼は信任状を提出したあとで、少々長いクリスマスの休暇をすごしに大陸に戻ってきた——そして家族と二か月暮してから、いまロンドンに帰るところです。ベイスト伯の二巻におよぶ『回顧録』によれば、そのころロンドンでは、腸チフスから回復した皇太子のために二月二十七日にセント・ポール寺院で行われる感謝の礼拝式の準備が進行中でした。しかし、ここはとても暑いですね！　これからわたしは、まずアレクサンドル・ペトロヴィッチの拝眼の栄に浴し、つぎに、彼が手紙のなかで活写している川で、洗顔の栄に浴したいと思います」

「アレクサンドル・ペトロヴィッチは仕事だか遊びだかで、月曜日まで留守なのよ」とヴァルヴァーラ・ボロトフが言った、「でもスーザンは家のうしろのお気に入りの芝生で日光浴をしていると思うわ。黙って近づいちゃ駄目よ」

4

「クックの城」はレンガと木造の三階建の邸宅で、一八六〇年頃建てられ、それから半世紀後スーザンの父がオンクウィードー鉱泉で湯治する金持たちの高級リゾート・ホテルにするためにダドリー・グリーン家から買い取ったとき、その一部が改築された。それは入念に造られた醜悪な建物で、フランスやフィレンツェの遺物のあいだにゴシック風の尖塔などが突き出ている混血スタイルだった。最初に設計されたときは、当時の建築家サミュエル・スローンが、「社交生活の最高必要条件を充分に充たす」〈変則的北方型別荘〉と呼んだような建物であったかもしれない。「北方型」というのは、「屋根や塔が高くそびえる傾向をもっている」からである。だが、突出した小尖塔の鋭さや全体にただよう陽気でいささか酩酊《めいてい》しているような雰囲気——建物自体がいくつかの小さな「北方型別荘」の寄せ集めで、不釣り合いな屋根、気のなさそうな破風、軒蛇腹、丸太の支柱、その他さまざまな突起物が四方に突き出て乱雑につなぎ合わされ、空中に押し上げられているのだ——は、残念なことに、わずかの間しか旅客の眼を惹かなかった。一九二〇年頃には、オンクウィードーの鉱泉は不思議なことにその効力をすでに失っていたのである。父の死後、スーザンは「松屋敷」を売ろうとしたが、買い手があらわれなかった。スーザンと夫のアレクサンドルは、アレクサンドルの会社がある工業都市の住宅地域に、ずっと居心地のいい家を別に持っていたからである。しかしいまでは、二人の数多い友達を「城」で歓待する習慣ができていたので、スーザンはその愛すべき柔和な怪物が売れなかったことを喜んでいた。

建物の内部も外部と同じように変化に富んでいた。大広間にある大きな暖炉にはホテル時代の名残りのようなものが残っていたが、その広間は四つの広々とした部屋に通じている。階段の手すりと、その親柱の少なくとも一本は、一七二〇年のもので、この邸宅の建築中に、いまでは敷地の位置さえも正確にはわからなくなっている非常に古い家から運ばれてきたのだった。食堂の、鳥獣や魚を描いた美しい食器棚の羽目板も非常に古かった。二階と三階にはそれぞれ六部屋ずつあったが、それらの部屋や、後方に伸びた二つの棟には、不ぞろいな種々の家具にまじって、魅力的なマホガニーの箪笥やロマンティックな紫檀のソファがあり、同時に、あらゆる種類の見るも哀れなぶざまな代物、壊れた椅子、埃だらけの大理石ばりのテーブル、年老いた猿の眼のように悲しげな薄暗い小さな鏡のついた陰気な骨董品の飾り棚、などが見うけられた。プニンの部屋は二階の東南にある気持のいい一室で、金箔の壁紙がところどころに残っており、軍隊用の簡易ベッド、飾りけのない洗面台、それに種々の棚や腕木や唐草模様の刳形《くりがた》があった。プニンは観音開きの窓をゆすぶって開き、微笑している森に向ってにっこりほほ笑みかけ、遠い昔の、田園における最初の一日のことを再び思い出した。それからまもなく、ネイヴィ・ブルーの新しい化粧着をまとい、裸の足に普通のゴム製のオーバーシューズをはいて、下におりていった。オーバーシューズは、蛇がいるかもしれない湿った草むらを歩くときの、気のきいた予防策である。庭のテラスにシャトーがいた。

コンスタンティン・イヴァニッチ・シャトーは、その外国人らしい苗字にもかかわらず（小生の聞いたところでは、その苗字はロシアに帰化したフランス人に由来するもので、そのフランス人が孤児のイヴァンを養子にしたのだそうである）、純粋にロシア人の血をひく鋭敏なすばらしい学者であり、ニューヨークのある大きな大学で教鞭をとっていたが、親友のプニンとは少なくとも五年は会っていなかった。二人はよろこびの声をとどろかせながら、抱き合った。告白すると、小生もかつては、天使のごときコンスタンティン・イヴァニッチの魅力のとりこになったことがある。それは一九三五年か三六年の冬のことで、わたしたちは毎朝のように会って、南フランスはグラースの月桂樹と榎の下を一緒に散歩したものだった。そのころ彼は幾人かのロシアの亡命者とその地に別荘を借りて一緒に暮していた。おだやかな静かな声、上品なペテルブルグ風の喉音、トナカイのようにやさしく悲しげな眼、長い華奢な指で絶えずちぎるようにいじくっている赤褐色のヤギひげ――そういった彼のすべてが（彼自身と同じような古風な文学的表現を用いるなら）友人たちに稀有の幸福感を感じさせるのだった。プニンと彼はしばらく話し合って、情報を交換した。信念の堅い亡命者によくあるように、二人は、しばしの別離のあとで出会ったときはかならず、それぞれの個人的な事情を気遣うだけでなく、若干のすばやい合言葉――外国語には翻訳しえないほのめかしや抑揚――によって、ロシアの最近の歴史（一世紀にわたる正義の苦闘と希望の残光のあとにきた絶望的な不法非道の三十五年間）の経過を要約しようと努力するのである。つづいて二人は、海外にいるヨーロッパ人教師たちがよくやる職業上の話題に移った。地理を知らず、騒音にたいしては不感症で、教育を有利な仕事を得るための手段としか考えない「典型的なアメリカの大学生」のことで、かれらはため息をつき、首を横にふった。つぎに、互いの仕事の進行状況を訊ね合った。二人とも自分の研究については極度に謙遜して、多くを語らなかった。最後に、アキノキリンソウを払いのけつつ、岩だらけの川が流れている森に向って牧場の小道を歩きながら、たがいの健康について語り合った。片手をフランネルのズボンのポケットにつっこみ、絹地の上衣をやや伊達男流にひらいてフランネルのチョッキをのぞかせ、颯爽とした様子のシャトーが、近いうちに検査のために腹部の手術をしなければならないと元気のいい声でいった。プニンは笑いながら、医者どもは自分のレントゲン写真をとるたびに、「心臓の影にあるかげり」と称するものの実態をつかもうと無駄な努力を重ねていると言った。

「へたな小説にはうってつけの題名だね」とシャトーが言った。

森にはいる直前、小高い草地のそばをとおっていると、シアサカ織の服を着た赤ら顔の老人が、草の上を大またでおりてきた。白髪はもじゃもじゃに乱れ、紫色にふくれあがった鼻は大きなキイチゴのようだ。うんざりしたような表情で顔がゆがんでいる。

「帽子を取りに帰らねばならんのです」と、その老人は近づきながら芝居がかりに叫んだ。

「知ってるかい?」とシャトーはささやいてから、紹介するために手をふった。

「こちらはティモフェイ・パヴリッチ・プニン、こちらはイワン・イリッチ・グラミネーフ」

「どうぞよろしく」と二人は言いながら、力強く握手して互いに頭を下げた。

「わしは」と能弁なグラミネーフが再び話しはじめた、「今日はずっと曇り空だろうと思っておったんです。したがって、愚かにも頭を無防備のままで外出しました。ところがいまや太陽がじりじりとわしの頭脳を蒸焼きにしようとしておる。仕事の中断もやむをえません」

彼は小高い草地の頂上のほうを指さした。彼の画架が青い空を背景に繊細なシルエットをえがいている。彼はその頂上から、古風な納屋、ひねこびたリンゴの木、雌牛、の点在する向うの谷の景色を描いていたのだ。

「わたしのパナマをお使いください」と親切なシャトーが言った。だがプニンがすでに、化粧着のポケットから大きな赤いハンカチを取り出していた。彼は巧みにその四すみをよってそれぞれ結び目をつくった。

「すばらしい……本当にありがとう」とグラミネーフはいいながら、その即席帽子のぐあいを調節しようとした。

「ちょっと待って」とプニンはいった。「結び目をなかに押し込まれたらいいでしょう」

結び目を押し込むと、グラミネーフは画架にむかって草地をのぼり始めた。彼は規範の尊重を率直に表明している有名な画家で、心のこもった彼の油絵——『母なるボルガ』、『三人の旧友（少年、小馬、犬）』、『四月の森の小道』など——は、いまでもモスクワのある美術館に光彩を添えている。

「だれかから聞いたんだが」と、シャトーは森の川の方へプニンと歩き続けながらいった、「リーザの息子は絵にたいして非凡な才能を持っているそうだね。本当かい?」

「そうなんだ」とプニンは答えた。「それだけに残念なんだよ、彼女が——どうやら三度目の結婚をするらしいんだが——急に夏のあいだカリフォルニアへヴィクターを連れていってしまったのが。もし予定通りにあの子がここに一緒にきていたら、グラミネーフの指導を受けるという素晴らしい機会が得られたのに」

「そりゃ君、少し大げさだよ」シャトーはおだやかに言い返した。

二人はきらめきながらさらさら流れている小川に到着した。上と下の小さな二つの滝の中間にあるくぼんだ岩だなが、ハンノキと松の下に天然の水泳プールを作っていた。水泳をしないシャトーは、岩の上にくつろいだ。プニンは学校のあるあいだずっと規則的に太陽燈の照射をうけていたので、水泳パンツ一枚になったとき、彼の体は川辺の林に差しこむまだらな日光の中で、鮮やかなマホガニー色に輝いた。彼は胸に吊した十字架をはずし、オーバーシューズをぬいだ。

「ほら、とてもきれいじゃないか」と、目ざとくシャトーが言った。

同一種類の二十四匹ほどの小さなチョウが湿った砂地の上におりて、羽をたてて閉じ、黒点のある青白い下腹をのぞかせていた。後部の羽のふちには、オレンジ色にかこまれた小さな目玉模様の斑点がならんでいる。プニンがぬぎすてたオーバーシューズの片方が、そのうちの数匹を驚かせた。かれらは美しい空色の背部を見せて、青い雪片のようにひらひらと飛びあがり、ひとまわりして、また地面に舞いおりた。

「ウラジーミル・ウラジミロヴィッチがいないのが残念だな」とシャトーがいった。「彼がいれば、この魅惑的な昆虫のことをいろいろと教えてくれるはずなんだが」

「ぼくはかねてから、彼の昆虫学は単なるポーズにすぎないと考えているんだが」

「いや、そんなことはないよ」とシャトーは言った。それから、「君はいつかそれをなくしてしまうよ」と言いながら、プニンが首からはずして小枝にかけた小さな金鎖つきのギリシャ正教会の十字架を指さした。その閃光が遊弋《ゆうよく》している一匹のトンボをまごつかせていた。

「おそらく、なくしたって平気だろうと思う」とプニンは言った。「君もよく知っているように、あれはただ感傷的な理由でつけているだけなんだし、それに、そんな感傷も次第に重荷になってきてるんだ。結局のところ、少年時代の思い出の品をたえず胸骨にふれさせておこうなんていうのは、どうも少し肉体的な感覚に頼りすぎてるんだ」

「信仰を単なる触覚に還元しようとする人間は、君が最初じゃない」とシャトーが言った。彼は熱心なギリシャ正教会の信者で、友人の不可知論的な態度を残念に思っているのだ。

目のよく見えない愚かものというのは仕方のないもので、一匹のウシアブがプニンの禿頭にとまり、彼の厚い手のひらに一撃されて、気絶した。

シャトーがすわっている岩よりも小さな岩の上から、プニンは用心深く青褐色の水のなかに入っていった。だが、腕時計をはめたままであることに気づき、それをはずしてオーバーシューズの中においた。それから、日焼けした肩をゆっくりと振りながら、水の中を歩いていった。幅の広い彼の背の上で、木の葉の影が輪になってふるえ、すべりおちる。彼は立ち止って、周囲の光や影をかき乱しながら、頭を傾けて濡らし、塗れた手で首筋をこすり、脇の下をかわるがわる水にひたし、それから、両の手をあわせて水の中にすべりこんでいった。威厳のあるその平泳ぎは周囲に波紋を起し、見る見るうちにひろがっていく。彼は天然のプールの中を堂々と泳ぎまわった。ゴロゴロ、プフッと息づかいもリズミカルだ。巨大なカエルのように、腕を曲げたり伸ばしたりしながら、同時に足のほうもリズミカルに開き、膝のところでパッとひろがる。彼は二分ほどそうして泳ぎ、それから水の外に歩いて出て、岩に腰をおろし体を乾かした。それから、十字架、腕時計、オーバーシューズ、化粧着を身につけた。

5

夕食は金網をはったベランダの上で出された。プニンはボロトフのとなりにすわり、ピンク色に見える四角い氷塊がチンチン音をたてている自分の赤い冷製ビート・スープに、サワー・クリームをかきまぜながら、自動的に先刻の話題を再びむしかえしはじめた。

「あなたもきっとお気づきになると思いますが、レーヴィンの精神的な時間とウロンスキーの肉体的な時間とのあいだには、たいへんな差異があります。小説のなかほどで、レーヴィンとキティはウロンスキーとアンナよりもまる一年遅れます。一八七六年五月のある日曜日の夜、アンナがあの貨物列車に身を投げだして自殺したとき、彼女は小説がはじまってから四年以上も存在していました。しかし、それと同じ期間、つまり一八七二年から七六年までのレーヴィンたちのばあいは、経過した時間はかろうじて三年なのです。わたしの知るかぎりでは、これは文学における相対性のもっともよい例だと思います」

夕食のあとで、クロッケーをやろうということになった。柱門《フープ》の並べ方は、昔から行われてはいるが規則のうえでは違法とされているやり方だった。すなわち、十の柱門のうち二つをグランドの中央で交差させ、「鳥かご」または「ネズミとり」と称されるものを作るのである。ボロトフ夫人と組んで、シュポリャンスキーとポローシン伯爵夫人の組に対抗するプニンが、断然最優秀のプレーヤーであることがたちまち明らかになった。木ぐぎ《ペッグ》が打ちこまれ、ゲームがはじまるやいなや、彼は人間が変った。平素は緩慢で鈍重で少々硬直しているような男が、黙って猛烈に動きまわる狡猾な表情の猫背の人間になったのだ。たえず彼の番ばかりのように見えた。打球槌《マレット》を非常に低くもち、開いた細長い脚のあいだで優美にスイングしながら（彼はこのゲームのためわざわざバーミューダ・ショーツに着がえて、小さなセンセーションをまき起していた）、打つまえにかならず打球槌の頭を軽快に振動させて狙いをさだめ、それから球に正確なパットをあたえる。そして球がまだころがっているのに、背をまるくしたまますぐに歩きだし、球がとまるだろうと計算した場所に急ぐ。それから、幾何学的な正確さを楽しみながら、柱門の中に球を通し、見物人たちの賞讃をあびた。自分だけのひそやかな饗宴を楽しむためにカン入りビールを二つもって影のようにそばを通りかかったイゴール・ポローシンまでが、一瞬立ち止って、感心したように頭を振り、それから灌木林の中に姿を消した。しかし、プニンが残忍な冷淡さで、相手の球を駆逐《クロッケー》する、というより撥《は》ねとばすと、賞讃にまじって苦情や抗議の声も起った。

自分の球を敵の球に接触させ、ひどく小さな足を前者の上にしっかりのせて、それを打球槌ではげしく強打すると、敵の球は強打のショックではるか遠くに撥ねとばされるのである。それにたいして訴えがなされると、スーザンはそれは完全なルール違反だといった。だがシュポリャンスキー夫人は、絶対にかまわないと主張し、自分が子供のころ、イギリス人の女家庭教師はそんなやり方を「ホンコン」と呼んでいたと述べた。

プニンが賞金を一人じめにして、ゲームが終ると、ヴァルヴァーラはスーザンと一緒に夜のお茶の準備にいった。プニンは松の木におおわれた東屋《あずまや》のベンチに静かに退いた。成人してから何度か経験したことのある非常に不快な恐ろしい胸苦しさが、ふたたび襲ってきた。それは苦痛とか心悸亢進といったようなものではなく、むしろ周囲の外界の事物――夕焼け空、樹木の赤い幹、砂、静かな空気――の中に自分が埋没してしまうのではないかという恐怖だった。一方、ローザ・シュポリャンスキーはプニンがひとりですわっているのに気づき、これさいわいとばかりに近づいてきて、「どうかお立ちにならないで」と隣りにすわった。

「一九一六年か一七年ごろ」と彼女は言った、「あなたは親しいお友だちからわたしの娘時代の名前をお聞きになったことがあるかもしれませんわね、ジェラーといってたんですけど」

「いいえ、おぼえておりません」とプニンは答えた。

「そんなこと、どのみちたいしたことじゃありませんわ。わたしたち、これまでお会いしたことはなかったですわね。でも、あなたはわたしのいとこのグリーシャ・ベロクキンとマイラ・ベロクキンはよくご存知のはずです。あの二人は、いつもあなたのことをおうわさしていました。グリーシャはいまスウェーデンに住んでいると思います——もちろん、妹のマイラの恐ろしい最期のことはお聞きになっているでしょう……」

「ええ、聞いています」

「彼女の夫は、とても魅力的な人でした。主人とわたしは、彼と彼の最初の妻だったピアニストのスヴェトラーナ・チェルトークとてても親しい間柄でした。彼はナチスによってマイラと別々に抑留され、わたしの兄ミーシャが死んだのと同じ収容所で死にました。あなたはミーシャはご存知ないでしょうね？　彼も昔はマイラと恋仲だったんです」

「お茶の用意ができましたよ」とスーザンが、奇妙なしかしちゃんと通用するロシア語でベランダから呼んだ。「ティモフェイ、ローザ、お茶よ」

プニンはシュポリャンスキー夫人に、自分もすぐにいくからどうぞお先にと言って、そのまま暮れなずむ東屋の中にすわっていた。クロッケーの打球槌《マレット》を両手で握りしめながらまだもっていた。

二つの石油ランプが別荘のベランダを気持よく照らしている。ティモフェイの父で眼科医のパヴェル・アントノヴィッチ・プニン博士とマイラの父で小児科医のヤコヴ・グリゴリーヴィッチ・ベロクキン博士は、ベランダの片すみのチェス盤から離れようとしなかった。そこでベロクキン夫人はゲームに夢中になっている二人をベランダの反対側の端にあるメーン・テーブルに呼び寄せるのはあきらめて、女中に、チェス盤のそばにある特別の小さな日本製の卓のうえに食事を運ばせた——銀のホールダーつきのコップに入った紅茶、黒パン入りのジャンケット、オランダ・イチゴともうひとつの栽培種ホオウボイ・イチゴ、輝く金色のジャム、いろいろなパンやウエハースやプレッツェルやラスク……。メーン・テーブルには二人以外の家人や客人がぜんぶ席につき、ある人たちははっきりと、ある人たちは光るもやのなかでかすんで見える。ベロクキン博士が手さぐりでプレッツェルを一つつかんだ。プニン博士は飛車を動かした。ベロクキン博士はむしゃむしゃ食べながら、自分の陣地の抜けた穴を凝視する。プニン博士はラスクをうわの空でお茶に浸す。

ベロクキン一家がその夏に借りていた別荘は、バルト海沿岸避暑地にあり、プニン一家がＮ将軍の未亡人から借りていた田舎家に近かった。将軍の未亡人の広大な所有地は湿地で岩が多く、うす暗い森が荒れはてた館を取りまいていたが、その田舎家は所有地のはずれにあった。ティモフェイ・プニンはふたたびあの無器用で内気で強情な十八歳の青年に戻り、暗闇の中でマイラを待っていた。——そして、論理的に考えれば、電球は石油ランプに変り、人々は修正されて年老いた亡命者となり、灯りのともったベランダにはしっかりと、どうしようもなく、永久に、厚い金網がはりめぐらされることになるにもかかわらず、わが哀れなプニンは、鮮明な幻覚でもって、マイラがそのベランダから庭にこっそり抜け出して、丈の高いタバコの花のあいだを自分の方に近づいてくる場面を想像した。タバコの花のくすんだ白色が、暗闇の中で彼女の白いドレスと交わる。しかしどういうわけかその幻覚と同時に、先刻の胸の中が押しひろげられるような苦しい感じもつのってきた。彼は打球槌をそっとかたわらにおき、苦しみを忘れるために、家とは反対の方角に向って、静まりかえった松林を歩きはじめた。庭の道具小屋の近くに一台の自動車が駐車していた。おそらくお客がつれてきた子供たちのうちの少なくとも二人がそれに乗っているようだったが、車内からラジオ音楽がたえまなしに流れ出ている。

「ジャズ、ジャズ。ジャズでなければ夜も昼もないんだ、あの若者たちは」とプニンはつぶやいて、川のある森に通じる小道に入っていった。彼は自分やマイラが若かったころの流行、アマチュア演劇、ジプシー民謡、マイラの写真熱、などのことを思い出した。どこにいったのだろうか、彼女がよく撮っていたあの芸術的なスナップは？——小動物、雲、花、湿った白雪にカバの木の影がおちている四月の林の小道、有蓋貨車の屋根の上でポーズをとる兵士たち、日没の地平線、書物を持っている片手……。彼はペテルブルグのネヴァ河の堤防で二人が会った最後の日のこと、あの涙、星、彼女がもっていたカラクル毛皮のマフの、あの暖かかったバラ色の絹の裏地のことを思い出した。一九一八年から二二年にかけての内戦が二人を離ればなれにしてしまった——歴史が二人の仲を引きさいてしまったのだ。ティモフェイは南の方に流浪して、短期間デニキンの軍隊に加わった。一方、マイラの家族はボルシェヴィキの手を逃れてスウェーデンにいき、それからドイツに落ち着いた。けっきょく彼女はドイツでロシア系の毛皮商人と結婚した。一九三〇年代のはじめ、そのころには彼もすでに結婚していたが、彼は妻と一緒にベルリンにいったことがある。妻がその地で開催される精神療法の学会に出席することを望んだからである。そしてある夜、選帝侯通りのあるロシア・レストランで、彼はマイラに再会した。たがいに二言、三言、言葉を交わし、彼女はむかしと少しも変らぬあの恥ずかしげな様子で、黒い眉の下からそっと彼に微笑した。高く突き出た頬骨の輪郭、切れ長の眼、華奢な腕や足首は、まるで変化を知らないもののごとく、昔のままだった。彼女はそれからクローク・ルームに外套を取りにいく夫のあとを追った。それがすべてだった。しかし痛恨の思いはあとに残った――それは、知っていることはわかっていても思い起すことのできない詩の輪郭が、ぶるぶる震えるのに似ていた。

おしゃべりのシュポリャンスキー夫人がちょっと口に出したことが、異常な力をもってマイラの面影をよみがえらせた。プニンの心はかき乱された。一瞬間でもこのような動揺に抵抗できるときがあるとすれば、それは不治の病を得て冷静なあきらめに達したとき、死をひかえた正気のとき、だけである。理性的に生きるには、けっしてマイラ・ベロクキンを思い出してはならないと、プニンは過去十年のあいだ自分に言いきかせていた。といって、青春時代の平凡な束の間の恋それ自体に、心の平和を脅やかすだけの力があるわけではない（悲しいことに、リーザとの結婚生活の思い出があまりにも支配的で、それ以前のロマンスの追憶はみなかすんでしまっているのだ）。マイラの思い出が彼の心をかき乱すのは、真に自己にたいして誠実であれば、マイラの死のような事態を可能ならしめる世界に、とうてい良心と正気をもって生き続けられるはずがないからである。忘れなければならない。あの優美なかよわい女性、庭の雪を背景にして眼にほほえみをたたえていたあの若い女性が、家畜車にのせられて屠殺場に送られ、過去の幽暗の中で自分の唇の下にその鼓動を聞いたことがあるあの優しい心臓に、フェノールが注射されて殺されたことを思うとき、どうして生きていくことができるだろう。それに、マイラの死にざまについては正確な記録がなかったので、彼女は彼の心の中で幾度となく死に、幾度となく復活しては、ふたたび死ぬのだった——熟練した看護婦に連れ去られ、汚物や破傷風菌やガラスの粉を接種され、シャワーと見せかけて青酸ガスを浴びせられ、ガソリンをしみこませたブナの薪が積み重ねてある穴で、生きながら火あぶりにされるのだった。プニンがたまたまワシントンで言葉を交わした調査官の言によれば、ただひとつ確かなことは、彼女は労働するにはあまりにも弱かったので(もっとも、いぜんとしてあの微笑は絶やさず、他のユダヤ女性たちを手助けする力はもっていたが)、選びだされて殺されることになり、ブッヘンヴァルトに到着してからわずか数日後に、焼いて灰にされたということだった。ブッヘンヴァルトは「大エッテルスベルク」という堂々とした名前をもつ美しい森林地帯にあり、ゲーテ、ヘルダー、シラー、ヴィーラント、あの無類のコツェブーなどが住んでいたワイマールから、ゆっくり歩いて一時間ほどの距離である。「だけどなぜ」と、きわめておだやかな人物のハーゲン博士がよく嘆いた、「なぜそんな近くにあの恐ろしい収容所をおいたのだろう！」事実、それは近かった——ドイツの文化の中心地からわずか五マイルしか離れていないのだ。そしてドイツこそは、正確な語の使用で有名なウェインデル大学の学長が、最近の卒業式の演説でヨーロッパの情勢を回顧したとき、「大学の国」といういかにも優雅な名称をたてまつった国なのである。そのとき学長は、別の拷問所であるロシアについて、「トルストイ、スタニスラフスキー、ラスコールニコフ、およびそのほかの偉大で善良な人々の国」という讃辞を呈した。

プニンは厳粛な松の木立ちの下をゆっくりと歩いた。空は暮れかけている。彼は神の独裁を信じなかった。そのかわりに、亡霊たちの民主政治をぼんやりと信じていた。たぶん、死者の霊がいろいろな委員会を組織して、たえまなく会議を開きながら、生者の運命を司どっているのだろう。

蚊の群れがうるさくなり始めた。お茶の時間だ。シャトーとチェスをやる時間だ。先刻のあの不思議な発作が去り、ふたたび楽に呼吸ができるようになった。遠い小山の頂上の、数時間まえにグラミネーフの画架がたっていたところに、黒い二つの人影が、赤くけぶる夕空を背景にして、シルエットを描いていた。二人は寄りそって立ち、たがいに顔を向き合せている。それがポローシンの娘とその愛人なのか、それともニーナ・ボロトフと若いポローシンなのか、あるいは、去りゆくプニンの青春の最後のページに無造作におかれた単なる象徴的な男女なのか、道からは見わけがつかなかった。

第六章

1

一九五四年の秋の学期が始まった。人文学部の建物の玄関にある醜いヴィーナス像の大理石の首に、ふたたび朱の口紅でキス・マークが印された。ウェインデル大学新聞はふたたび駐車場問題を論じた。熱心な新入生たちが、ふたたび大学図書館の書物の余白に「自然描写」とか「アイロニー」とかいった有益な注釈を書きこんだ。美しい装幀のマラルメ詩集には、すでに非常に有能な注釈者の手によって、スミレ色のインクで **oiseaux**[1] という難語に下線が引かれ、そのうえに「鳥」と走り書きしてあった。秋の強風が、人文学部の建物とフリーズ・ホールをつなぐ格子作りの回廊の片側に、ふたたび落葉をはりつけた。穏やかな午後には、茶色がかった琥珀色の巨大なマダラチョウが、ふたたび舗道や芝生のうえをひらひら舞い、不完全に引っこめた黒い脚を水玉模様のある胴体の下にやや低くのぞかせながら、のんびりと南に向っている。

そして、大学はいぜんとしてきゅうきゅう軋りながら動いていた。妊娠中の妻をかかえた勤勉な大学院生たちは、いぜんとしてドストエフスキーとシモーヌ・ド・ボーヴォワー

訳注

1　「鳥」という意味のフランス語

ルとに関する論文を書いていた。いくつかある文学関係の学科は、スタンダール、ゴールズワージー、ドライサー、マンは偉大な作家たちであるという信念のもとに、いぜんとして苦闘をつづけていた。「闘争」とか「パターン」といったプラスティック的な語はいぜんとして流行していた。例によって、不毛の教師たちは創造力のある同僚の著作を書評し、それによって生産しようとたくみに努力していた。例によって、一群の幸運な教授たちは、その年の夏以前に授与されたさまざまな賞を楽しみつつあった——あるいは、これから楽しもうとしていた。たとえば、あるちょっとした興味ある助成金が、美術学科の多芸なスター夫妻——童顔のクリストファー・スターとその年若い妻のルイーズ——に、東ドイツの戦後のフォーク・ソングを記録するという珍しい機会を与えていた。この驚くべき若い夫妻は、東ドイツに入る許可をどうにか獲得したのである。人類学教授のトリストラム・W・トマス（友達はトムと呼んでいる）は、キューバの漁夫や土着民の食事の習慣を研究するために、マンデヴィル財団から一万ドルをもらっていた。それとは別の慈善団体が、「現代思想に及ぼしたニーチェの弟子たちの影響力に関する批判的評価にもっぱら寄与した近年の刊行物ならびに未刊の稿本の書誌」を完成させるため、ボードー・フォン・ファルテルンフェルス博士に援助をあたえた。最後に、といってもけっして軽んずるわけではないが、令名あまねきウェインデル大学の精神科医ルドルフ・オーラ博士は、とくに気前のよい助成金を授与され、一万人の小学生を対象にして、いわゆる「フィンガーボール・テスト」を施行することになった。そのテストというのは、色のついた液体の入っているカップに子供の人さし指をちょっと浸し、指の長さに対する濡れた部分の長さの比率を測定して、さまざまな魅力的なグラフにその比率を表わすのである。

秋の学期が始まって、ハーゲン博士は面倒な事態に直面していた。彼は夏に、ある旧友から、ウェインデルよりはるかに有力な大学であるシーボードで、うれしくなるほど収入のいい教授の地位に翌年就くつもりはないかと、非公式の打診を受けたのである。問題のその部分は比較的解決が容易であった。しかし、彼があれほど心をこめて築きあげてきたドイツ文学科、それにくらべればブロレンジのフランス文学科などは基金は非常に豊かでも文化的な影響力という点ではとうてい太刀打ちできないのだが、そのドイツ文学科が不実なファルテルンフェルスの手に引き渡されることになるというぞっとするような事実が残っていた。ファルテルンフェルスはハーゲンの伝手《つて》でオーストリアからやってきたにもかかわらず、叛旗をひるがえしていたのである。彼はハーゲンが一九四五年に創設した有力な季刊誌『新ヨーロッパ』の主導権を卑劣な手段で専有していた。ハーゲンは自分が辞めるつもりだということをまだ同僚のだれにも打ち明けてはいなかったが、もし彼が辞めれば、いっそう悲痛な結果が生じるだろう。助教授のプニンが窮地に立たされるにちがいないのである。ウェインデルには正規のロシア文学科はなく、わが友プニンの教師としての存在は、ひとえに折衷派のドイツ文学科のはからいによって、その分科のひとつである比較文学課程に在籍することにかかっていたのである。ファルテルンフェルスは、たとえほかに理由はなくとも、純然たる悪意からきっとその分科を廃止するだろう。プニンはウェインデルに終身地位保障権をもっていないから、ほかの語学文学部門が彼の採用に同意してくれなければ、彼は辞めなければならない。融通のききそうなところといえば英文科と仏文科だけである。しかし英文科の主任ジャック・コッカレルはハーゲンのこれまでの方針にすべて反対であったし、プニンの存在をお笑い草と考えていた。それに、彼はある著名なロシア系イギリス人作家と内々の交渉に入っており、その話は有望そうだった。必要とあれば、プニンが教師として請け負わねばならないすべての講義をその男は肩がわりできるのである。ハーゲンが最後の頼みの綱としたのはブロレンジだった。

2

フランス語学文学科の主任レナード・ブロレンジは、二つの興味深い特徴をもっていた。文学が嫌いだということと、フランス語の真の知識が全然ないということである。このことは彼がとてつもない距離を旅行して近代語学会に出席することを妨げはしなかった。そして学会においては、自分の無能をまるで荘重な気まぐれででもあるかのように堂々と誇示し、明るい野卑なユーモアを連発して、自分をフランス語の微妙な局面に誘いこもうとするすべての企てを受け流してしまうのであった。彼は金集めの名人で、先日も、三つの大きな大学が働きかけても効果のなかったある金持の老人を説得して莫大な寄付金を出させ、カナダ人のスラヴスキ博士の指導のもとに大学院生によって大がかりな研究調査が行われることになったばかりである。それはドルドーニュ[2]にあるヴァンデルの古い小さな城市を模倣した、広場と二つの街路のある「フランス村」をウェインデルの近くの丘に建設するための調査であった。彼の管理者的な才能には常に壮大な要素が存在していたけれども、個人的にはブロレンジは禁欲主義的な傾向の男である。彼はウェインデルの学長サム・

2 フランス西部の県

プアとたまたま同窓生であり、学長が視力を失ったのちも長年のあいだ、二人は風の吹きすさぶ荒涼たる湖水に定期的に釣りに出かけていた。湖水はウェインデルから七十マイル北の、ジンチョウゲの木が並ぶ砂利道の末端にあった。そこはものさびしい灌木林――短小なナラと松――の地帯で、いわば自然界の貧民窟である。ブロレンジの妻はありふれた素性の気立てのやさしい女で、クラブで夫のことを噂するときは、「ブロレンジ教授」と言っていた。彼は「偉大なるフランス人たち」と題する講義をもっており、『ヘイスティングズ歴史・哲学研究』という雑誌の一八八二―九四年の版を秘書にコピーさせて、それを講義の材料にしていた。その雑誌は屋根裏で彼が発見したもので、大学図書館にはなかった。

3

小さな家を借りたばかりのプニンは、新居移転の祝いにハーゲン夫妻、クレメンツ夫妻、セーヤー夫妻、ベティ・ブリスを招待した。その日の朝、善良なハーゲン博士は必死の思いでブロレンジの研究室をたずね、彼に――彼だけに、すべての事情を腹をわって打ち明けた。ファルテルンフェルスがプニンに強い反感をもっていることをハーゲンが話すと、ブロレンジは自分も同じだとひややかに答えた。事実、プニンにある社交的な会合で出会ったあと、彼はプニンがアメリカの大学の周辺をうろつくことさえおかしなことだとはっきり感じた、というのである（実に驚くべきことだが、実際的な人間というものは頭で考えるよりも、感じで物事を判断する傾向が非常に強いのである）。誠実なハーゲンは、プニンが数学期にわたってロマン主義運動の問題を見事に論じてきており、フランス文学科に入れば、きっとシャトーブリアンやヴィクトル・ユーゴーを大過なく論じることができるだろうと話した。

「その連中はスラヴスキ博士が講義することになっています」とブロレンジは答えた。「それに正直なところ、ぼくたちは文学を少しやりすぎるんじゃないでしょうか？　いいですか、今週からミス・モプスエシアが実存主義論の講義をはじめるし、君のところのボードー君がロマン・ロランをやる。それにぼくはブーランジェ将軍[3]とド・ベランジェ[4]についての講義をやります。たわけた講座はもうそれぐらいで充分ですよ」

ハーゲンは最後の切り札として、プニンにフランス語の授業をもたせることを提案した。多くのロシア人と同じように、われらの友も子供のころフランス人の女家庭教師のもとで勉強しており、革命後は、十五年以上もパリに住んでいたのだ。

「彼にフランス語が話せるっていうんですか？」ブロレンジは手きびしく訊ねた。

ハーゲンはブロレンジの要求する資格が特別だということをよく知っていたので、ちょっとためらった。

「どうなんですか？　イエスなんですか、ノーなんですか？」

「きっとうまくやれますよ」

「それじゃ、彼は話せるんですね？」

「うむ」

「それでは初級クラスで使うわけにはいかない」とブロレンジはいった。「そんなことを

3　一八三七－一八九一年、フランスの扇動政治家
4　一七八〇－一八五七年、フランスの詩人

すればスミス氏に不公平になってしまう。今学期の初級クラスは彼が教えるんだけれども、もちろん、そのクラスの教師はあまりできすぎてはいけないことになっています。ところで、ハシモト氏の担当する中級クラスでは人数が溢れて、助けを欲しがっているんですが、君のところのそのなんとかさんは、話すばかりじゃなくて読むこともできるんですか?」

「さっきもいったとおり、きっとうまくやれますよ」とハーゲンは質問に直接答えるのを避けた。

「う、い、い、いまくやれるっていうのがどんなことかはよくわかってます」とブロレンジは顔をしかめた。「一九五〇年、ハッシュが留守のとき、ぼくはあのスイス人のスキー教師を雇った。ところがやつは、ある古いフランス詩集の謄写版刷りをこっそり授業にもちこんでそれで事をすませようとしました。ぼくたちはそのあとで学生を元のレベルまで引き戻すのにほとんど一年近くもかかってしまったんです。ところで、そのなんとかさんがフランス語を読めないとすれば——」

「どうにか読めるんじゃないかと思うんですがね」とハーゲンはため息をつきながら言った。

「それでは雇うわけにはいきません。あなたもよく知っているように、ぼくたちはレコードやその他の機械装置だけしか信用していないんですから。書物の使用は許されていません」

「でも、まだ上級クラスがあるでしょう」とハーゲンがつぶやいた。

「それはカロライナ・スラヴスキとぼくが受け持ちます」とブロレンジは答えた。

4

庇護者の苦悩をまったく知らないプニンにとって、秋の新学期はことのほか快調にはじまっていた。厄介な学生がこれほど少ないことは今までなかったし、研究の時間がこれほど豊富にあることもこれまでなかったことである。彼の研究は、調査が当初の目標を乗り越えて、いわば熟しつつある果実の寄生物ともいうべき新しい有機体が形成される、あの恍惚たる段階にずっと以前から入っていた。プニンは自分の心眼を研究作業の終末からそらせていた。終末ははっきりと目に見えるところまで近づいていて、アステリスク[5]の烽火やsic[6]の照明弾をすでに識別することができるほどだった。その境域は、限りなき接近から生じる歓喜を終結させる万物の宿命として、目をそらせて避けねばならなかったのだ。インデックス・カードはそのぎっしり詰った重みで次第に靴箱の空間を占領しはじめていた。二つの伝説の照合。風習や衣服に関する貴重な細目。照合してみると、無能、不注意、あるいは欺瞞などで歪められていることが判明したある言及。適切な推理をしたときに感じる背骨のぞくぞくするような戦慄。こうした私心のない、献身的な学者精神の無数の勝

5　参照・省略・疑義などの指示に用いる星じるし

6　ラテン語で「原文のまま」の意味、誤った原文をそのまま引用するとき、かっこをつけて付記する

利が、プニンを堕落させ、脚注中毒症の幸福な狂人にしてしまっていた。退屈な分厚い書物を開いては紙魚《しみ》たちの平和をかき乱し、さらに退屈な本への言及をそのなかに発見するのである。だが、彼が借りたクリフ通りの角にあるトッド・ロードの小さなレンガ造りの家は、別のもっと人間的なレベルに属することであった。

その家には、これまで故マーティン・シェパードの家族が住んでいた。彼は以前プニンがクリーク街で下宿をしていた家の主人の叔父にあたり、長年のあいだトッド家の地所の管理人をしていた。ウェインデルの町当局は先日その地所を手に入れ、そこにあるだだっぴろい邸宅を近代的な療養所に改造する予定だった。ツタとアカハリモミがぴったり閉ざされた邸宅の門を包んでいた。プニンは自分の新しい住居の北側の窓から、クリフ通りをへだてた向い側に、その門の先端を見ることができた。その通りはTの字の横棒にあたっており、プニンの借家はその左股の部分にある。家の真向いには、トッド・ロード（Tの字の縦棒）をはさんで古いニレの並木があり、砂の多いつぎはぎだらけのアスファルトの路肩を、東のトウモロコシ畑からさえぎっていた。道路の西側には、どれもこれも成り上りもののような若いモミの木の一群が柵のうしろに植えられ、大学の方に向って、つぎの住居のあるところまで、ほとんど全距離にわたってずっと並んでいる。つぎの住居というのは大学のフットボール・チームのコーチの家で、大きな葉巻の箱のような形をしており、プニンの家から半マイル南のところにあった。

独立家屋を自分ひとりで占有できるという気持はプニンにとってはこの上ないよろこびであり、三十五年の家なき生活に打ちひしがれた、心の奥底にひそむ古い欲望に、すばらしい満足を与えた。もっとも快いことのひとつは静寂で、それは天国か田園のように、完全に安心ができて、間断のない雑音に四方、八方から囲まれていた以前の下宿部屋に比べれば、無上の幸福ともいえるものだった。それにまたこのちっぽけな家がなんと広いこと！ プニンは感謝にみちた驚きを覚えながら考えた――たとえロシア革命、国外脱出、パリでの亡命生活、アメリカへの帰化という事態が起らなかったとしても、かりに万事が思いのままに運んでいたとしても、けっきょく現在とたいして変らなかったのではなかろうか？ いいかティモフェイ、たとえ思いのままに運んでいたとしてもだぞ！ ハリコフ[7]かカザン[8]における大学教授の地位、この家と同じような郊外の家、屋内には古書の山、屋外には遅咲きの花、そんなところではなかっただろうか？ もう少し詳しくいえば、この家は赤い桜んぼ色のレンガで造った二階家で、白い雨戸とこけら板の屋根がある。家をとりまく緑の地所の前面は三十五メートルほどの空地になっており、背後はコケむした垂直

7 ウクライナ北東部の工業都市

8 ロシア連邦タタールスタン共和国ヴォルガ河に沿う工業地帯

の崖にさえぎられ、崖の頂上には黄褐色の灌木が生えていた。南側には自動車道路らしきものが走り、プニン所有の貧弱な車をおさめる白塗りの小さなガレージに通じている。栄光に輝くビリヤードの玉受け――だが、底はない――に似た、バスケット・ボールの網のような奇妙なものが、なんのためかガレージのドアの上にぶらさがり、その白いドアに影を落している。影はその網目までくっきり映し出しているが、影のほうが網よりは大きく、青味がかっていた。キジがガレージと崖のあいだの雑草の生えた地面によくやってきた。ライラック――ロシアの庭園を飾るあの優美な花で、それが春に咲き誇って蜜をあふれさせ、あたりがハチの羽音で一杯になるときを、哀れなプニンは心から楽しみにして待っていた――そのライラックの木が家の一方の壁にそって、しなびた樹身を群がらせている。カバ、ライム、ヤナギ、ハコヤナギ、ポプラ、カシしか知らないプニンには名前がわからない背の高い一本の落葉樹が、ベランダの木の階段に赤さび色をした大きなハート型の葉を落し、小春日和の影を投げかけていた。

地下室には少々ガタのきているような石油の暖房炉があって、弱々しい温気を各部屋に送ろうと、必死の努力を傾けていた。台所には健康的ではなやいだ雰囲気があふれ、プニンはさまざまな炊事用品、やかん、平なべ、トースター、フライパンなどを相手にすすばらしい時間をすごした。それらはみな家についていたのである。居間は家具が乏しくすすけていたが、なかなか魅力的な出窓があり、古い大きな地球儀がそこに置いてあった。ロシアは薄青色に塗ってあり、ポーランドは全体がごしごしこすられたかして変色していた。食堂は非常に小さく、プニンはそこでお客にビュッフェ式の食事を出そうと考えていたが、垂れ飾りのある一対のクリスタルの燭台が、早朝などには虹色の反射光を放つのだった。その反射光は食器棚に美しく輝き、感傷的なわが友に、ロシアの田園にある邸宅のベランダをオレンジ色や緑色やスミレ色の光線で染めるあのステンド・グラスの窓を思い起させるのだった。陶器戸棚は彼がそのそばを通るたびにかならずガタガタと震動し、どこか昔の薄暗い奥の部屋を思わせるような聞き慣れた音をたてた。二階は二つの寝室から成っていたが、どちらもこれまでは、たまに大人が寝泊りしたこともあったものの、たいていは大勢の子供用に使われていたらしい。床はブリキの玩具で傷だらけにされていた。プニンは自分が寝ることに決めた部屋の壁から、白い塗料で「カーディナルズ」と謎のような語が記してある、ペナントの形をした赤いボール紙を外した。部屋のすみには、三歳の自分にふさわしいような小さなピンク色の揺り椅子がおいてあったが、プニンはそのままそこに残しておいた。こわれたミシンがバスルームに通じる廊下を占領していた。バスルームには、巨人ぞろいの国のくせにまるで小びとのためにつくられたような標準型の短い浴槽がおいてあり、それを水で一杯にするには、ロシアの算数の教科書にでてくる水槽やたらいを満たすのと同じくらいの時間がかかった。

パーティーを開く準備はととのった。居間には三人が坐れるソファが一つ、袖椅子が二つ、厚い詰めものをした安楽椅子が一つ、普通の籐椅子が一つ、ひざぶとんが一つ、足台が二つある。だがプニンは自分が招いた少人数のお客の名簿を点検しながら、とつぜん奇妙な不満を感じた。実はあっても花がないのだ。もちろん彼はクレメンツ夫妻が大好きである（この二人は大学にいる多くの間抜けたちとはちがって、真実の人たちだ）——かれらの家に間借りしていたころは、毎日のように心から愉快に語り合ったものだ。もちろん彼はハーマン・ハーゲンの数々の親切にたいしても非常に感謝している。ごく最近もハーゲンは昇給の取計らいをしてくれた。もちろんハーゲン夫人はウェインデル独特の言葉づかいを用いれば「ステキな人」である。もちろんセーヤー夫人はいつも図書館でいろいろと親切に手助けしてくれた。それに彼女の夫は心安まる能力の持主で、もしも人間が天気に関する感想を極力述べないようにすれば、いかに静かになりうるかということを身をもって実証してくれている。しかし、こういった人たちの組合せには、風変りなところ、独創的なところがまったくないのだ。老いたるプニンは少年時代の誕生日のパーティーを思い出した。どういうわけか招待される五、六人の子供の顔ぶれはいつも同じだったし、きつい靴に足を締めあげられ、こめかみがずきずき痛んで、あらゆるゲームが遊びつくされ、あばれ者のいとこが新しいきれいな玩具を野卑でくだらない遊びの道具に供しはじめるころには、重苦しく退屈でみじめな圧迫感に見舞われたものだった。彼はまた、長々とかくれんぼ遊びをやって、女中部屋の暗いむっとするような衣装戸棚に一時間も隠れたあと、その居心地の悪い場所から飛び出してみると、遊び仲間がみな家に帰ってしまったことがわかったときの、あのさびしい耳鳴りを思い出した。

ウェインデルヴィルとイソーラのあいだにある有名な食料雑貨品店を訪れたとき、彼はベティ・ブリスにばったり出会い、パーティーに招待した。彼女は、「なんと美しく、なんとさわやかな」というリフレーンのついたツルゲーネフのバラに関する散文詩をまだ覚えていると言い、おうかがいするのを楽しみにしていると答えた。彼はまた名高い数学者のアイデルソン教授と女流彫刻家の夫人とを招待した。二人は喜んで参上すると返事したが、あとになって電話で、たいへん申しわけないが、先約があったのを忘れていたと断わってきた。彼はいまは助教授になっている若いミラーとソバカスのある美しい彼の妻シャーロットも招待したが、夫人があいにく臨月だった。彼はフリーズ・ホールの管理主任であるキャロル老人と息子のフランクも招待した。フランクはわが友の唯一の有能な学生で、ロシア語と英語とドイツ語の短長格の詩の関係についてすばらしい博士論文を彼に提出した男だが、いまは陸軍に入っていて留守だった。また、キャロル老人は、「実をいうと、家内もわしも教授の方々とはあまりおつきあいがないもんでして」と招待を断わった。彼はプア学長の家にも電話をかけてパーティーに招待しようとした。彼はこれまで学長に園遊会で一度話しかけたことがあった（カリキュラムの改正について）が、そのときは雨が降りだしてしまってろくろく話ができなかった。しかし電話に出てきた学長の姪は、叔父はいまでは「少数の個人的な友人以外にはどなたも訪問いたしません」と答えた。プニンが招待客の名簿に活気を吹きこもうという考えをあきらめかけたとき、まったく新しい、ほんとうにすばらしい思いつきが心に浮んだ。

5

プニンも小生もずっと以前から気がついていたことだが、どこの大学にいっても、かならずその教授陣のなかに、自分のかかりつけの歯医者や町の郵便局長に異常なほどよく似た男がいるばかりでなく、おたがいに双子のようによく似ている教授がいるものである。だが、この気味の悪い事実はあまり論議の対象になっていないようだ。ある比較的小さな大学において、「三つ子」の例があったのを小生は知っている。鋭い観察眼をもつそこの学長フランク・リードによれば、馬鹿気たことにその「三つ子」の中心はなんと小生だというのである。それから、亡くなったオルガ・クロトキが話してくれたことだが、戦時中の「速成語学集中講座」で、可哀そうに彼女が片肺の身で「古代ギリシャ祖語」を教えねばならなかったとき、その五十人ほどの教師たちのなかに、本物のプニンは別にして、彼にそっくりな男が六人もいたそうである——小生などから見ると、プニンぐらい独特の存在は珍しいと思うのだが。したがって、いかにプニンが日常の生活においてうかつな人間であるといっても、(ウェインデルにきて九年目のあるとき)、鳥類学科主任教授トマス・

ウィンだと彼が思いこんでいた眼鏡をかけた痩身の老人、鉄灰色の髪をしわだらけの小さな額の右側に幾筋も学者らしく垂らし、尖った鼻の両側から長い上唇の両端にかけて深いしわのあるひとりの男が、ときとしてウィン教授ではないこともあるという事実に気づかざるをえなかったのは、けっして不思議なことではないのである。(プニンはウィン教授にあるパーティーで一度出会い、華美なコウライウグイス、悲しげなカッコウ、その他ロシアの田舎の鳥の話をしたことがある。)プニンにとって、いわばウィンはときどき違う人間に変化するのであり、プニンはその男の名を知らなかったが、気のきいた洒落を好む外国人らしく、勝手にトゥウィン(プニン流にいえばトゥヴィン)[9]と名づけていた。まもなくわがプニンは、研究室と教室のあいだ、教室と階段のあいだ、飲用噴水と洗面所のあいだなど至るところで、一日おきぐらいに出会う足早のしかつめらしい紳士が、はたして知人の鳥類学者なのか、それともトゥウィンのほうなのか、まったく確信がもてなくなってしまったことを悟った。ウィンであれば挨拶せざるをえないのだが、その男は、いかにも知人らしい機械的な礼儀正しさで、プニンの軽い会釈に答えるのだった。プニンもウィン(あるいはトゥウィン)も早足なので、二人の出会いの時間はごく短いのが普通だったが、プニンはそのときの儀礼的な声の交換を避けるために、ときどき、駆け足で手紙を読んで

9 トゥウィンは英語で「双子」の意で、それをウィンとひっかけている

いるふりをしたり、足早に近づいてくる相手に気づくとすばやく向きを変えて階段をおり、下の階の廊下を歩いたりした。だが、こういった巧みな策略に得意になりかけたとたん、ある日プニンは、下の廊下をパタパタと歩いてくるトゥウィン（あるいはウィン）とあわや体をぶつけそうになったことがある。秋の新学期（プニンにとっては十度目の新学期）がはじまると、この厄介な事情はさらに悪化した。というのは、プニンの授業時間が変更になったため、ウィンならびに疑似ウィンの出没傾向を記憶して顔を合わせるのを避けようとした彼のこれまでの努力が、すべて無駄になってしまったからである。だが、このような事態は絶えず起るものであるからそれに耐える覚悟が必要であると彼は思った。過去におけるいくつかの瓜二つの例——自分が直接に経験してまごついた生写しの人々——を思い起しながら、悩めるプニンは二人のウィンの謎を解くために人の助けを求めても無益だろうと考えたのである。

パーティーの開かれる日、彼がフリーズ・ホールで遅い昼食を終りかけていると、ウィンか疑似ウィンのどちらかが、これまではどちらもホールに現われたことはなかったのに、とつぜん彼のかたわらに坐って言った——

「ずっと前からひとつ君に訊いてみようと思ってたことがあるんだが——君はたしかロシ

ア語を教えているんだったね？　実は去年の夏、鳥に関する雑誌論文を読んでいたら」（「ウィンだ！　この男はウィンだ」とプニンは心のなかで叫び、明確な行動方針をただちに打出すことができた。）

「――その論文の筆者がいうには――筆者の名前は記憶していないが、ロシア系だったと思う――スコッフ地方では――発音はそれでいいんだろうね――ケーキを鳥の形に焼くというんだ。もちろん基本的には、それは男根崇拝の象徴なんだが、そういった風習があるということを君が知っているかどうか、いちど訊いてみたいと思っていたんだ」

　プニンの心にすばらしい思いつきが浮んだのはそのときだった。

「どうぞ、なんなりとおっしゃってください」プニンは歓喜に声をふるわせながら言った。というのは、ついに彼は少なくとも、鳥好きの本物のウィンについては、その人柄をはっきりつかむ機会を見つけたからである。「ええ、どうぞ。わたしはあのジャヴォロンキ、あのアルエット[10]についてはなんでも知っております――辞書を見ないと英語でなんというのかわかりませんが。それで、失礼ですがいかがでしょう、今夜、わたしのところにお出で下さいませんか？　午後の八時半。別に大したことでもないんですが、ささやかな新居移転のパーティーを催そうと思っているんです。奥様もどうぞご一緒に――それとも、あ

10　前者はロシア語、後者はフランス語で「ヒバリ」の意

なたは独身[11]でいらっしゃいますか?」

(おお、洒落の好きなプニンよ!)

相手は自分は独身だと答え、よろこんでおうかがいしたいが、どちらへうかがったらいいのかと訊ねた。

「トッド・ロード九九九番地、非常に簡単です。その道のいちばんはずれの、クリフ通りに出るところです。レンガ造りの小さな家でうしろに黒い大きな崖があります」

11 原文のBachelor of Hearts(多くの女性に慕われる独身者)は、Bachelor of Arts(文学士)にひっかけた洒落

6

その日の午後、プニンは食事の用意に早くとりかかりたくて、待ちきれないほどだった。時計が五時すぎるとすぐに彼は準備をはじめ、その手をちょっと休めたのは、お客を迎えるために、飾りふさのついたベルトと絹繻子の折り襟のある豪奢な青い絹の喫煙服《スモーキング・ジャケット》に着替えたときだけだった。その服を手に入れたのは二十年前の、パリのある亡命者慈善バザーにおいてであった――まことに光陰矢のごとしである。彼は喫煙服とともに、同じくヨーロッパ仕立ての古いタキシードのズボンをはいた。それから、ひびの入った薬箱の鏡に映る自分の顔をじっと見ながら、べっ甲ぶちの重い老眼鏡をかけた。眼鏡の下からロシア人らしい芋鼻がなめらかにふくらんでいる。義歯をむき出して見た。頬と顎を手で撫で、今朝ひげをそったのがまだもつかどうかを調べた。大丈夫だった。親指と人さし指で長い鼻毛を一本つかみ、二度ほどぐいと引っぱって、三度目にやっと抜きとった。威勢よくくしゃみが出る。「アー!・」という安堵の声が、その爆発音に結着をつけた。

七時半にベティがやってきて、最後の準備を手伝ってくれた。ベティは現在イソーラ・

ハイスクールで英語と歴史を教えている。彼女は肉づきのいい大学院生だったころと少しも変ってはいなかった。ピンクの縁の眼鏡の下から、灰色の近視眼が、昔と同じように純真な共感をこめてこちらを見つめている。濃い髪も、昔と同じようにグレートヘン[12]風の巻き毛だ。やわらかそうな喉のあの傷跡もまだ消えてはいない。しかし、そのぽっちゃりした手には、小さなダイヤモンドの婚約指環がはまっていた。それを彼女ははにかみながらも誇らしそうにプニンに示した。彼は悲しみのうずきをぼんやりと感じた。その昔、彼女に求婚したかも知れないときがあった……事実、彼女が口さがない女中のような精神の持主でなければ、彼は求婚していたであろう。その点もやはり彼女は変っていなかった。いまでも彼女は、「あの人がそう言ったので、あたしがこう言うと、あの人はこう言った！」というような話し方で、長い話をするのだった。愛読している婦人雑誌の知恵と機知とを昔と同じように信仰しており、なにものもそれをゆるがすことはできなかった。また、あの奇妙な癖、なにか小さな過失を注意されると、それにたいする仕返しというより、むしろ注意されたことへの感謝の印として、少し遅れて相手の袖口を軽く打つという、あの癖もいぜんとしてもっている――プニンの限られた経験の範囲内でも、同じような癖をもつ小都市の若い女性が他に二、三人いた。たとえば、「ベティ、君はあの本を返すのを忘れた

12 ゲーテの『ファウスト』の女主人公

ね」とか、「ベティ、君は絶対に結婚しないといってたように思うんだが」などとこちらが言ったとする。すると彼女は、実際に返答をする前に、まずまじめくさった態度をよそおう。ついで、彼女のずんぐりした指がこちらの手首に接触したとたん、そのまじめくさった態度は引っこんでしまうのである。

「彼は生化学者で、いまピッツバーグにいるんです」と言いながら、ベティは灰色に光る新鮮なキャヴィアの鉢の周囲にバターを塗ったフランス・パンの薄片を並べ、三つの大きなブドウの房を水ですすぐのを手伝った。ほかに冷肉の大皿、本物のドイツのライ麦パン、小海老にピックルスとエンドウ豆をあしらった特製のヴィネグレット、トマト・ソースに漬けた小さなソーセージ、熱いピロシキ（キノコ、肉、キャベツがそれぞれ入った三種のタルト）、四種類のナッツ、それにさまざまなおもしろい東洋風の砂糖菓子があった。飲物はウィスキー（ベティの差入れ）、リャビノフカ（ナナカマドの実のリキュール）、ブランデーとグレナディンのカクテルで代表させることにした。それから、もちろんプニン特製のパンチがある。それは冷やしたシャトー・ディケム[13]とグレープフルーツのジュースとマラスキーノ[14]を混合した強い飲物で、すでにプニンの手によって、渦巻く畝《うね》とスイレンの葉の模様がついた輝く緑青色のガラスの大鉢のなかで、おごそかにかきまぜられはじめて

13 ボルドー産の最高級白ブドウ酒

14 桜実でつくったリキュールの一種

いた。

「まあ、とてもきれいな鉢ですわね！」とベティが叫んだ。

プニンはまるではじめて見るかのように、快い驚きをもってその鉢を眺めた。彼はそれがヴィクターからの贈物であることを話した。そうですか、坊っちゃんはお元気なんですか、聖バーソロミュー学園が気にいられまして？　まああってとこらしいね。あの子は夏の始めを母と一緒にカリフォルニアですごし、それからヨセミテのホテルで二か月働いた。どこのホテルですって？　カリフォルニアの山のなかにあるホテルだよ。いまは学校に戻っていて、不意にこの鉢を送ってくれたんだ。

その鉢は心やさしい偶然の神の微妙なはからいによって、プニンが椅子の数をかぞえ、パーティーの計画を立てはじめたまさにその日に、到着したのだった。鉢を納めた箱はさらに別の箱に入っていて、その外側にさらにもうひとつの箱があった。おびただしい量の木屑と紙が鉢を包んでおり、それらがカーニヴァルの騒ぎのときのように台所じゅうに散らばった。なかから現われた鉢は——贈物をもらったとき、感動的な衝撃のために、贈られた人の心には、その贈物が寄贈者の心やさしさを象徴的に反映している輪郭のかすんだ純粋な光彩の炎のように見え、その現実的な実体は、いわばその炎のなかに埋没しているような、そういった種類の贈物であった。だが、その現実的な実体も、その贈物のもつ真の栄光を知らない局外者によって称讃されると、不意に躍動して、輝かしい姿を永遠に現わすようになるのである。

7

チリンチリンという音楽的な音が小さな家のなかに響きわたり、クレメンツ夫妻はフランスのシャンペンとダリアの花束をもって入ってきた。

暗青色の眼に長いまつ毛の、髪を短く切ったジョーン夫人は、ほかの教授夫人たちがどんなにがんばっても及ばぬほどスマートな、古い黒絹のドレスを着ていた。善良な年老いた禿頭のプニンが、わずかに上体をかがめ、ジョーンが軽やかに差し出す手に唇をあてる光景は、いつ見ても気持がよかった。ウェインデルの婦人たちのなかでジョーンだけが、ロシアの紳士にキスさせるのにどの程度まで手をあげたらいいのか、その正確な高さを心得ているのだ。ここのところますます肥満したローレンスは、上品な灰色のフランネルの服を着て、安楽椅子に身を沈め、すぐにいちばん手近にある本をとりあげた。それは英露、露英兼用のポケット辞典だった。彼は片手に眼鏡をもち、前々から確かめてみたいと思っていたのにいまになって度忘れしてしまったことを思い起そうとして、顔を横に向けた。日頃から彼はヤン・ファン・エイクの描いた、顎の豊かな、わた毛のような後光のある『ファン・デル・パールの修道会員』にとてもよく似ていたが（もっとも彼のほうが少し若い）、いまの彼の姿は、その類似性をさらに強調するものだった。その絵というのは、困惑している聖母の前で放心状態に陥ってしまった善良な修道会員がおり、聖ジョージのような身なりの司祭がそのものの注意を聖母のほうに向けさせようとしている絵である。そこにはすべてがそろっていた――ごつごつしたこめかみ、悲しげな、もの思いに沈んだ凝視、顔の筋肉のひだや深いしわ、薄い唇、左の頬のいぼまでが。

クレメンツ夫妻が腰を落ち着けてからまもなく、鳥の形をしたケーキに関心をよせているあの男が、ベティに案内されて入ってきた。プニンが「こちらはウィン教授です」と言って紹介しようとしたとき、ジョーンが――不運にも、といってもいいだろう――プニンの紹介をさえぎって、「まあ、トマスさん、いらっしゃい！　トマスさんを知らない人っているかしら？」と言った。プニンは台所に戻り、ベティはブルガリアの煙草をみんなに配った。

「トマス」とクレメンツがふとった脚を組みながら言った、「ぼくは君がハヴァナで土着民の漁夫とインタビューしてるものとばかり思ってたよ」

「うむ、中間試験がすんだら出かけるつもりだ」とトマス教授は答えた。「もちろん、現場の調査作業の大半はすでにほかの人たちがやってくれている」

「それでも、あの助成金がもらえてよかったな」

「われわれの研究分野では」とトマスは落ち着きはらって答えた、「困難な旅行をたくさんやらなければならないんだ。事実、ウィンドワード列島[15]までぼくはいくようになるかも知れない」それからうつろな笑い声をあげて、「もしもマッカーシー上院議員[16]が外国旅行をきびしく取りしまらなければね」

「彼は一万ドルの助成金をもらったのよ」とジョーンがベティに言った。ベティはゆっくりと頭をちょっと下げ、顎と下唇を緊張させて、特別なしかめつらをつくりながら、敬意を表わした。それは上役と食事をするとか、名士録に名がのるとか、公爵夫人に会見したりするといったようなすばらしいことにたいして、彼女のような女の顔にきまって現われる、尊敬と慶賀と多少畏怖のまじった会釈の表情なのである。

セーヤー夫妻は新しいステーション・ワゴンでやってきて、ハッカ菓子の入った優美な箱をプニンに差し出した。歩いてやってきたハーゲン博士は、意気揚々と、ウォッカのびんをかかげて見せた。

「今晩は、今晩は、今晩は」ハーゲンは元気よく言った。

「ハーゲン博士」とトマスは彼と握手をしながら、「君がその代物をもって歩きまわって

15　かつて英領西インド諸島連邦に属していた群島

16　ジョーゼフ・マッカーシー。赤狩りで名をはせたアメリカの議員

いるところを、まさかあの上院議員に見つかりはしなかっただろうね？」

善良な博士は昨年以来目に見えて年をとったが、よく張った肩、四角い顎、四角い鼻孔、獅子のように堂々とした眉間、庭木のように長方形に刈り込んだ半白の頭髪など、あいかわらず頑丈で角ばった体つきをしていた。彼は白いナイロンのワイシャツの上に黒い背広を着、赤い稲妻模様が縦に走っている黒いネクタイをしめていた。夫人は残念なことに、いざというときになってひどい偏頭痛を起し、こられなくなったらしい。

プニンはカクテル[17]をみんなに配った。「むしろ『フラミンゴの尻尾[18]』といったほうがいいかも知れませんな――特に鳥類学者の方には」と彼はいたずらっぽく洒落を言った。

「どうも、ありがと！」セーヤー夫人はグラスを受けとりながら、細長い眉をつりあげ、驚きとつつしみ深さとよろこびとを同時に表わす、あのお上品な好奇心をこめた明るい調子で、歌うように言った。彼女は魅力的な、堅苦しくとりすました、四十歳ぐらいの赤ら顔の淑女で、義歯は真珠のように光り、金色に染めた髪は波形にちぢれていた。トルコやエジプトに至るまで世界中の国々を旅行しているそのスマートで気さくなジョーン・クレメンツの泥臭い田舎の親類で、ウェインデル大学でもっとも風変りな、もっとも敬遠されている学者を夫にもっていた。ここで、そのマーガレット・セーヤーの夫のロイについて

17　原語は「雄鶏の尻尾」の意味にもとれる

18　フラミンゴは鳥の名前であるとともにオレンジの一種でもある。カクテルにはいっているグレナディンもオレンジの一種を指すので、それにもひっかけている

も、一言弁じておくべきだろう。彼は英文科に属する無口で陰気な教授であるが、そもそもこの英文科というところは、元気あふれる主任教授のコッカレルを別にすれば、憂鬱病患者の溜り場だった。外面的には、ロイはなんの変哲もない風采の持主だった。古ぼけた茶色のつっかけ靴、ベージュ色の肘あて、黒いパイプ、太い眉の下のたるんだ眼、そういったものを心に描けば、あとは容易に想像できるはずである。そして、その肖像画の中景《ミドル・ディスタンス》のあたりに肝臓病らしきものがあり、背景にはロイの専門分野である十八世紀の詩がある。十八世紀はいわば草を食いあらされた牧場のようなもので、水のちょろちょろ流れる小川と苗木が少々見られるだけである。牧場の両側にははっきりとした境界線があり、仔羊がもっと白く、草がもっとやわらかく、小川の流れももっと盛んな、ストウ教授の領域である十七世紀と、峡谷のもや、海の霧、輸入されたブドウなどのある、シャピロー教授の十九世紀初期とから、鉄条網によって分離されていた。ロイ・セーヤーは自分の専門について語るのを避けていた。というより、どんな事柄についても語るのを避けていたのであって、いまでは忘れ去られてしまった一群の三文詩人に関する広汎な研究に、十年にわたる徒労と灰色の歳月を費やしていたのである。そして、暗号の韻文で詳細な日記をつけており、いつか後世になってそれが解読され、われわれの時代の最大の文学的業績として厳粛に正当に評価される日のくることを期待していた――ロイ・セーヤーよ、案外、君の期待通りになるかも知れぬぞ。

みんなが心地よげにカクテルをすすり、それを讃美していたとき、プニン教授はゼイゼイあえぐような音をたてるひざぶとんの上に坐って、そばの、最新の友人に向って話しかけた――

「先日お訊ねのありましたヒバリについて、ロシア語ではジャヴォロンキと申しますが、そのことでご報告いたさねばならないと思います。どうぞこれをお持ちかえりください。このなかに、文献目録とともに報告の要約がタイプしてあります。ところでみなさん、ぼつぼつ別室にいったらどうでしょう、ご馳走が待っているはずですから」

8

まもなくお客たちは料理をいっぱいに盛った皿をもってぞろぞろと客間に戻ってきた。プニン特製のパンチももちこまれた。

「まあ！　ティモフェイ！　いったいどこでそのすばらしい鉢を手に入れたの？」とジョーンが叫んだ。

「ヴィクターからの贈物ですよ」

「でも、彼はどこで買ったのかしら？」

「クラントンの骨董屋だと思いますが」

「きっと、ずいぶん高かったでしょうね」

「一ドルぐらいでしょうか？　それとも十ドル？　そんなにはいきませんか？」

「十ドルですって――馬鹿なことおっしゃい！　二百ドルはしてるわよ。ほら、よく見てご覧なさい！　このくねり曲った模様のすばらしさ。これはぜひとも、コッカレル夫妻にお見せしたらいいわ。あの方たちは古いガラス器のことならなんでもご存知だから。実をいうと、お二人はレイク・ダンモア[19]の水差しをもってらっしゃるんだけど、それもこの鉢にくらべれば、生彩がなくなるくらいだわ」

こんどはマーガレット・セーヤーが鉢をほめる番だった。彼女は、子供のころ自分は、シンデレラのガラスの靴はこの鉢の緑青色とまったく同じような色をしているにちがいないと想像していた、と述べた。するとプニンが言った――第一に、容器ばかりでなく中身についてもご意見を述べていただきたい。第二に、シンデレラの靴はガラス製ではなく、ロシアのリスの毛皮――フランス語で**vair**《ヴエール》といいますが――でできていたのです。これは適語生存の明白な一例なのでありまして、つまり、**vair**《ヴエール》よりも**verre**《ヴエール》[20]のほうが心象を喚起しやすい語なので、そちらが残ったのです。[21]ところで、**vair**の語源は、「いろいろな色の」という意味のラテン語**varius**ではなく、スラヴ語の**veveritsa**、つまり、ある種の美しく青白い冬リスの毛皮を意味する語で、その毛皮は青味がかった、というよりはむしろハト色、つまりコロンバイン[22]のような色合いをしています――コロンバインの語源がラテン語の**columba**、すなわち「ハト」であることは、ここにおられるどなたかがよくご存知のとおりです――そういうわけでセーヤー夫人、あなたのご想像なさったことは大体において正しかったのです。

19 ヴァーモント州西部にある湖水ならびに避暑地で、このあたりは陶磁器で有名

20 「ガラス」を意味するフランス語

21 この話は事実である。**pantoufle en vair**（毛皮のスリッパ）を**pantoufle en verre**（ガラスの上ぐつ）と思い違いをして英訳されてしまったのである

22 英語で「オダマキ」と「ハト色の」の二つの意味がある。語源は両方とも同じである

「中身もすばらしいよ」とローレンス・クレメンツが言った。
「たしかにこのお酒はおいしいわ」とマーガレット・セーヤーが言った。
(「ぼくは『コロンバイン』というのは花の一種だとばかり思っていたよ」とトマスがベティにいうと、彼女は軽くうなずいた。)

それから、何人かの子供たちの年齢が話題になった。ヴィクターはまもなく十五歳になる。セーヤー夫人の長姉の孫娘アイリーンは五歳。イザベルは二十三歳で、ニューヨークでの秘書の仕事を大いに楽しんでいる。ハーゲン博士の娘は二十四歳で、ヨーロッパからまもなく帰ってくるはずである。彼女は、二〇年代の有名な映画俳優でドリアンナ・カレンという名の非常に親切な老婦人と一緒に、バヴァリアやスイスを旅行して、すてきな夏をすごしたのだった。

電話が鳴った。シェパード夫人にかかった電話だった。こんなばあいプニンという男は何をしでかすかわからないのでハラハラするばかりなのだが、このときは不思議なほど要領よく、シェパード夫人の新住所と電話番号を相手に向ってペラペラと述べ、おまけに、彼女の長男の住所と電話番号まで教えてやった。

9

十時ごろには、プニン特製のパンチとベティが差入れたスコッチのおかげで、何人かのものは知らず知らず大声でしゃべっていた。セーヤー夫人の首の、左のイアリングの小さな青い星の下あたりは、洋紅色《カーミン》に紅潮していた。彼女はしゃんと背を真直にのばして坐り、図書館の二人の同僚のあいだの争いについて、プニンに話してきかせた。それはどこの職場にもあるようなありふれた話だったが、セーヤー夫人が話題になっている二人の口調を変化をつけてうまく使いわけるのと、パーティーが非常に好調に運んでいるという意識があったため、プニンは頭を低く下げ、口に手をあてながら夢中になってげらげら笑った。ロイ・セーヤーはブツブツと毛穴がたくさんある灰色の鼻の下にパンチの入ったグラスをもち、それをのぞきこむようにして力なく眼をしばたたかせながら、ジョーン・クレメンツの話に丁重に耳を傾けていた。ジョーンは今のように少し酔ってごきげんになると、なかなか魅力的な癖を発揮して、パチパチとすばやくまばたきをしたり、さらには黒いまつ毛の青い眼を完全に閉じたりしながら、ハーッと深く息をあえがせて話を中断し、語り口にけじめをつけたり新たな力を添えたりした、「だけどあなたはどうお思いになって——ハーッ——彼が自分の小説で表現しようとしているのは——ハーッ——たいていのばあい——ハーッ——つまり——ハーッ——ある状況のファンタスティックな反復ということなんじゃないかしら?」ベティはあいかわらず控え目に振舞いながら、手なれた様子でてきぱきと茶菓の手配をしていた。クレメンツは部屋のすみの出窓のところで気むずかしげに地球儀をのろのろ回転させていた。ハーゲンは、もっと快適な状況だったらきっと用いたであろうような古風な語調を注意ぶかく避けながら、ブロレンジ夫人がハーゲン夫人に伝えたアイデルソン夫人に関する最新のゴシップを、むっつりしたクレメンツとにやにや笑っているトマスに話していた。そこへプニンがヌガーをのせた皿をもって近づいていった。

「ティモフェイ、これは純潔な君の耳にはあまりふさわしくない話なんだがね」とハーゲンがプニンに言った。かねがねプニンは、自分にはきわどい話の妙味がわからないと告白していたのである。「だけど——」

クレメンツは婦人たちのほうに移っていた。ハーゲンはふたたびその話を最初からくりかえし、トマスはまたにやにや笑いはじめた。プニンは勝手にしろといわんばかりのロシア流のうんざりした身ぶりでハーゲンに向って手をふりながら——

「それとまったく同じような話を、三十五年前にオデッサで聞いたことがありますが、そのときも、どこがおかしいのかさっぱりわかりませんでしたよ」

10

さらにパーティーが進行して時間がたつと、お客のそれぞれの位置が変化していた。長椅子の片隅で、退屈したクレメンツが『フランドル派画家傑作集』をパラパラめくっている。それはヴィクターが母親からもらったもので、プニンのところに置いていったのである。ジョーンは夫のひざもとにある足台に坐り、幅の広いスカートの上にブドウの皿をのせながら、何時になったらプニンの気持を傷つけずに辞去できるだろうかと考えていた。他のものたちはハーゲンの現代教育論を傾聴している。

「君たちは笑うかもしれないが」とハーゲンは言いながら、ジロリとクレメンツのほうを見た――クレメンツは首を横に振ってハーゲンの非難を打消し、画集をジョーンに渡しながら、そのなかの、思いがけず自分に喜びを感じさせてくれた絵を指さした。

「君たちは笑うかもしれないが、ぼくは現在の窮境を打開する唯一の方法は――ほんのちょっとでいいよ、ティモフェイ、それで結構――学生を防音装置のついた小室に閉じこめて、教室は使わないようにすることだと思う」

「そう、そのとおりだわ」とジョーンは画集を返しながら、声をひそめて夫に言った。

「賛成してくれてありがとう、ジョーン」とハーゲンは話をつづけた。「だが、ぼくはこの理論を述べたためにみんなから『はた迷惑な男《アンファン・テリブル》』と呼ばれている。君たちもぼくの話を終りまで聞けば、それほど簡単には賛成できないと思うようになるだろう。いま述べたように、学生を隔離して、あらゆる種類の講義を吹き込んだレコードをそこで自由に使わせる……」

「でも、講義をする人の個性はどうなるのかしら」とマーガレット・セーヤーが言った。「それがいちばん重要なことだと思うんだけど」

「重要なことなんかあるものか！」とハーゲンがどなった。「それが悲劇のもとなんだ！　たとえば、彼という人間を求めているものがいるかね？」とハーゲンはにこやかな顔をしているプニンを指さした、「だれが彼の個性を求めている？　だれもいやしない！　ティモフェイのすばらしい個性なんかだれも恬《てん》として顧みようとはしないんだ。みんなが求めているのは、ティモフェイのような人間じゃなくて機械なんだよ」

「ティモフェイの授業をテレビで放送したらどうだろう」とクレメンツが言った。

「それはすてきだと思うわ」とジョーンは言い、プニンに向ってにっこりほほえんだ。べティも力をこめてうなずきながら賛意を表明した。プニンは「どうぞご随意に」と言うように両手をひろげ、二人にたいして深々と頭を下げた。

「君はどう思うね、ぼくのこの案を？　議論の的になりそうだが」とハーゲンがトマスに訊ねた。

「トムの考えてることはわかってるよ」とクレメンツはひざの上にひろげた画集のなかの同じ絵をいぜんとして眺めながら言った。「トムは教育の最善の方法は、クラス討議、つまり、二十人ぐらいの間抜けな青年と二人ぐらい生意気なノイローゼ患者のいるクラスで、教師もかれらも知らないような事柄について五十分間たがいに議論をたたかわすことだと考えているんだ。ところで、この二、三か月のあいだ」とクレメンツは急に話題をあらぬ方向に変えて、「ぼくはこの絵を探していたんだ。やっと見つかったよ。『身振りの哲学』に関するぼくのこんどの本の出版社が、ぼくの肖像が欲しいといってきた。ジョーンもぼくも、昔のある巨匠の描いたものに、ものすごくぼくによく似た絵があることは知っていたんだが、その画家の時代さえ思い出せないでいた。それが、いまやっと見つかったんだ、この絵なんだよ。スポーツ・シャツを描き加えて、この戦士の手を削除すれば、ほかに修正する必要のあるところはぜんぜんない」

「ぼくはだんぜん抗議するよ」とトマスが口をひらいた。

クレメンツは画集をひろげたままマーガレット・セーヤーに渡した。彼女はどっと吹き出した。

「ぼくは抗議するよ、ローレンス」とトマスが言った。「時代遅れの形式ばった講義よりも、なにものにもとらわれない自由な学問的雰囲気のなかでくつろいで討議することのほうが、はるかに現実に即した教育方法なんだ」

「わかったよ、わかったよ」とクレメンツが言った。

ジョーンがよろよろと立ちあがり、プニンが酒をつごうとすると、細い手のひらでグラスをおおった。セーヤー夫人は腕時計を眺め、それから夫を見た。おだやかなあくびがローレンスの口をふくらませた。ベティはトマスに、キューバのサンタ・クララに住んでいるフォーゲルマンというコウモリの権威者を知っているかと訊ねた。ハーゲンが、水かビールを一杯ちょうだいしたいと言った。この男はぼくにだれかを思い起させるが、いったいそれはだれだろう？　と不意にプニンは心のなかで考えた。エリック・ウィンドか？　なぜだろう？　二人の体つきはぜんぜん違っているのに。

11

パーティーの最後の場面は玄関で演じられた。ハーゲンはくるときにもってきたステッキが見つからなかった（それは戸棚のトランクのうしろに落ちていたのだ）。

「わたしもハンド・バッグを忘れてきたようよ、さっき坐ってたところに」とセーヤー夫人は言いながら、陰鬱そうな夫を客間のほうに軽く押しやった。

最後になって話がはずんでいるプニンとクレメンツは、栄養満点の女像柱《キャリアテイッド》のように客間の入口で向い合って立っていたが、たがいの腹をうしろに引いて、無言のセーヤーを通してやった。部屋の真中では、トマス教授とブリスが立ったまま――前者は両手をうしろにまわして、ときどき爪先で背のびし、後者はお盆をもって――キューバの話をしていた。ベティは自分の婚約者の従兄がもうかなり長いあいだキューバに住んでいると聞き及んでいたのである。セーヤーは椅子のあいだをまごまごしながら、いつの間にか自分が白いバッグを拾いあげていることに気がついた。彼の心は今夜帰宅して書くはずの文章を練ることで一杯だったのだ――

ワレワレハソレゾレオノレノ過去ヲ胸中ニ固ク秘メ、脈絡ノナイ未来ノ時間ニ宿命ノ目覚シ時計ヲ合ワセテ、酒ヲクミカワシタリ――シコウシテ、ツイニ一人ノ者ガ手首ヲ上ニアゲ、妻ト夫ハ互イニ目ヲ見交ワシ……

一方プニンは、ジョージ・クレメンツとマーガレット・セーヤーに、自分が飾り付けをした二階の部屋を見ないかと訊ねた。その提案は二人を魅惑した。プニンは二人を二階に案内した。彼のいわゆる書斎は非常に居心地よさそうに見えた。引っかき傷だらけの床はパキスタン製のじゅうたんらしきものできれいにおおわれている――そのじゅうたんはプニンが自分の研究室用にむかし手に入れたもので、最近、あっけにとられているファルテルンフェルスの足もとから、理由もいわずに強引に取りはずしてきたのだった。一九四〇年ヨーロッパから海を渡ってきたとき彼がくるまって寝た格子縞のラシャのひざ掛け毛布と、いくつかのアメリカ製のクッションが、作り付けの寝台の様子をすっかり変えていた。彼がここに移ってきたときは数世代にわたる児童向けの図書――古くは一八八九年に出版されたホレーショ・アルジャー・ジュニア[23]の『くつみがきのトム、あるいは成功への道』

23　一八三二―九九。アメリカの児童読物作者から、一九一一年出版のアーネスト・トムソン・シートン[24]の『森のロルフ』などを経て、一九二八年版の『コンプトン絵入り百科事典』全十巻[25]に至る多数の本――をのせていたピンク色の本棚には、いまはウェインデル大学図書館の三百六十五冊の書物が並んでいる。

「あら、この本はみなわたしが検印したものなのね」とセーヤー夫人はため息をつきながら、驚きをよそおって目をぎょろつかせた。

「ミラー夫人が検印したのもあります」と歴史的真実にやかましいプニンが言った。

この部屋で訪客にもっとも感銘をあたえたのは、四柱式寝台を意地の悪い隙間風から守っている折りたたみ式の衝立と、並んでいる小窓からの眺めだった。十五メートルほど離れたところに、黒い岩が唐突にそそりたち、そのいただきの黒い茂みの上に、おぼろな星空がひろがっていた。裏の芝生で、ローレンスが窓からの光を横切って、暗闇のなかへぶらぶら入っていった。

「ついにあなたも安住の場所を得たわけね」とジョーンが言った。

「それにもうひとつ朗報があります」とプニンは、親しげに声をひそめ、よろこびにふるえる口調で答えた。「明日の朝、わたしはひそかにひとりの紳士に会うことになっています。彼はわたしがこの家を買うのに一肌脱いでくれるというのです」

24 一八六〇－一九四六。アメリカの画家で動物物語の作家
25 一九二二年にコンプトン社から初版が発行された子供向きの百科事典

かれらは再び階下におりた。ロイがベティのバッグを妻に手渡した。ハーマンは自分のステッキを見つけた。マーガレットのバッグが探された。ローレンスが再び姿を現わした。「さよなら、ごきげんよろしゅう、ウィン教授！」とプニンが歌うように叫んだ。ベランダの灯りに照らされて、彼の頬は丸く赤らんで見えた。

（玄関では、ベティとマーガレット・セーヤーがハーゲン博士ご自慢のステッキを賞讃していた。それは最近ドイツから送られてきたふしくれだった木の棒で、握りのところがロバの頭になっており、片方の耳を動かすことができた。そのステッキはバヴァリアで田舎牧師をしていたハーゲン博士の祖父のものだった。牧師の残した覚え書によると、ロバのもう一方の耳の機械装置がこわれて動かなくなったのは、一九一四年のことだそうである。ハーゲンは、グリーンローン横丁にいる一匹のドイツ・シェパード犬に備えるため、そのステッキをもって歩くのだと言った――アメリカの犬はどうも歩行者には慣れていないようですな。ですが、ぼくは車よりも歩くほうが好きなんです。こっちの耳はもう修繕できませんな。少なくともウェインデルでは。）

「ところで、なぜ彼はぼくをウィン教授などと呼んだんだろう？」と人類学教授のT・W・トマスはクレメンツ夫妻に言った。かれらは青い暗闇のなかを、道の向い側のニレの木の下にとめてある四台の車のほうに歩いていた。

「われらの友は」とクレメンツは答えた、「まったく独自の用語や命名法を使用しているんだよ。彼の用いる言葉の奇妙さは、まったく、人生に新たなスリルを感じさせる。彼の発音の誤りは神話を生みだしているし、彼の誤った用語法はまるで神託のようだ。彼はぼくの妻をジョンと呼ぶんだよ」

「それでもやはり、なんだか気になるね」とトマスが言った。

「もしかすると、彼は君のことをだれかほかの人間だと思いちがいしているのかもしれない」とクレメンツが言った。「それに、たぶん、君がその別人であってもいいんだよ」

かれらが通りを渡りきらないうちに、ハーゲン博士が追いついてきた。トマス教授はいぜんとして困惑した表情を見せながら、別れを告げた。

「それじゃ」とハーゲンが言った。

晴れわたった秋の夜で、空は鋼鉄のように冷徹、地上はビロードのようだった。

ジョーンが訊ねた——

「ほんとうに送っていかなくてもいいの?」

「歩いて十分ほどの距離だから。それにこんなすばらしい夜は歩くべきですよ」

三人は一瞬立ちどまって、星空を見つめた。

「あれが一つ一つみんな世界なんだよ」とハーゲンが言った。

「あるいは」とクレメンツがあくびをしながら言った、「全体がひとつの恐ろしい混乱なのかもしれない。ほんとうは、螢光性の死体じゃないかと思うんだ。そのなかにぼくたちはいるわけだ」

灯りに照らされたベランダから、プニンの朗々たる笑い声が聞えてきた。彼はセーヤー夫妻とベティ・ブリスに、自分が以前手さげ袋を間違えたとき、どのようにして本物を取りもどしたか、話してきかせたところだった。

「さあ、螢光を発するわたしの死体さん、かえりましょう」とジョーンが言った。「お会いできてうれしかったわ、ハーマン。奥さんによろしくおっしゃってね。今夜はとても楽しかったわ。あんなに幸福そうなティモフェイって、わたしはじめてよ」

「はい、ありがとう」とハーゲンはうわの空で答えた。

「あの夢の家を買う相談で、不動産屋に明日会うという話をしたときの彼の顔ったら、あなたに見せたいほどだったわ」とジョーンが言った。

「ほんとうに家を買うといったの？　確かに？」とハーゲンが鋭く訊ねた。

「確かですとも。それに、家を必要としている人間がいるとしたら、ティモフェイこそその人だわ」とジョーンが言った。

「じゃ、おやすみなさい」とハーゲンが言った。「今夜ここでお会いできてうれしかったよ。さようなら」

彼はクレメンツ夫妻が車にたどりつくのを待ち、ちょっと躊躇して、それから灯りのついているベランダのほうにもどっていった。ベランダの上では、まるで舞台にでも立っているような態度で、プニンがセーヤー夫妻やベティと、二度目か三度目の握手を交わしていた。

(「わたしだったら」とジョーンは車をちょっとバックさせ、ハンドルを握りなおしながら言った、「自分の子供を老いぼれのレズビアンなんかと一緒に外国旅行にいかせるようなことは絶対にしないわ」「気をつけろよ」とローレンスが言った、「彼は酔ってるかも知れないが、聞えるところにいるんだぜ」)

「わたし、先生を許さないわ」とベティが笑顔のプニンに言っている、「お皿洗いをさせてくださらないんですもの」

「ぼくが手つだうよ」と言いながら、ハーゲンがステッキの音をコツコツとひびかせて階段をあがってきた。「さあ、子供たちは早くおかえり」

最後にもう一度握手がくりかえされ、セーヤー夫妻とベティは立ち去った。

12

「まず」と、ハーゲンはプニンと一緒に居間に入りながら言った、「ワインの最後の一杯を君と飲みたいね」

「けっこう、けっこう！」とプニンが叫んだ。「二人でわたしの酒瓶を空《から》にしてしまいましょう」

二人は居間にくつろいで坐った。ハーゲン博士が口をひらいた――

「君はお客にたいしてすばらしい主人《ホスト》だよ、ティモフェイ。とても愉快だね。祖父がよく言ってたもんだ、いいブドウ酒を飲むときは、死刑直前の最後の一杯のように、少しずつすすってゆっくり味わうべきだ、とね。いったい君はこのパンチに何を入れたのかね？　それにもうひとつ訊きたいんだが、君は本気でこの家を買おうと考えているのかね？　そういうふうにさっきジョーン夫人が言ってたが」

「考えているというんじゃなくて――可能性はないかとちょっとさぐりを入れてるところなんです」プニンはゴロゴロ喉を鳴らしながら笑った。

「それはあまり賢明とは思えないね」とハーゲンはグラスをいとおしげに撫でまわしながら言った。

「もちろんわたしは、いつかは終身保障が得られるものと期待しています」とプニンがやや伏眼がちになりながら言った。「わたしは助教授をもう九年もやっています。年月のたつのは速いものです。まもなくわたしは教授になるでしょう。ハーゲン、なぜ黙っているんです?」

「君の言葉はぼくを困惑させるばかりなんだよ、ティモフェイ。その問題だけはもちだしてもらいたくなかったのに」

「もちだしたんじゃありません。ただ、期待しているといっただけです。もちろん、来年なんていいはしません。でも、たとえば、奴隷解放百年記念祭には、大学はわたしを教授にしてくれるかもしれません」

「いいかい、ティモフェイ、こうなったら言わざるをえないが、あまりうれしくない話があるんだ。それはまだ正式にきまったことじゃなくて秘密の段階にある。だから、だれにも言わないと約束してくれ」

「誓います」とプニンは手をあげて言った。

「君も当然知っているように」とハーゲンは言葉をつづけた、「ぼくはほんとうに心をこめてわれわれの偉大なドイツ文学科を築きあげてきた。ぼくももう若くはない。君はここにきて九年になるといったね、ティモフェイ。だがぼくは、二十九年間もこの大学にぼくのすべてを捧げてきた！　ささやかなるぼくのすべてをね。先日も友人のクラフト博士がぼくに手紙でこういってくれた――ハーマン・ハーゲンよ、貴兄がアメリカにおいてドイツのためにひとりでなしとげたことは、われわれの代表団がドイツにおいてアメリカのためになしたことすべてを合わせたよりももっと偉大なものだ、とね。ところが、いまになって何が起っていると思う？　あのファルテルンフェルス、あの恐ろしい男はぼくにとって獅子身中の虫だったんだ。彼はひそかに運動して重要なポストを占めてしまった。その陰謀の詳細については、耳の汚れになるだけだから話すのはよしておくがね」

「まったく」とプニンはため息をついた、「陰謀は恐ろしい、ほんとうに恐ろしいものです。ですが、誠実に行動すれば、いつかかならずその強みが出てくることも事実です。来年は、あなたとわたしでなにかすばらしい講義をはじめましょう。ずっと以前から計画していたことがあるんです。虐政、拷問、ニコライ一世など、現代の残虐行為の前ぶれとなったすべてのことについて講義をやるんです。わたしたちは、不正を話題にするとき、忘れていることがあります、それはアルメニアの大虐殺、チベットではじまった拷問、アフリカの植民地主義者たち……人間の歴史は苦痛の歴史なんですよ！」

ハーゲンは友のうえにかがみこみ、骨ばった相手のひざを軽くたたいた。

「君はすばらしいロマンティストだよ、ティモフェイ。環境がもっと楽しいものだったら……しかし、いいかいティモフェイ、われわれは春の学期になったらちょっと変ったことをやる予定なんだ。芝居を上演するんだよ——コツェブーからハウプトマンにいたる戯曲家たちの作品の一部をね。ぼくはそれを一種の聖なる讃美のお祭りだと考えている……だが、前もってそうきめこむのはやめよう。ぼくも君と同じようにロマンティストなんだよ、ティモフェイ。だから、評議員たちがなんといおうとも、ぼくはボードーみたいな人間とは一緒に仕事ができないんだ。実はクラフトがシーボードから近いうちに引退する。それで、つぎの秋の学期から、ぼくに彼のあとを引きついでやってくれないかという申し出があった」

「おめでとう」とプニンが心をこめて言った。

「ありがとう、ティモフェイ。たしかにそれは身に余るようなすばらしい地位だ。ぼくはウェインデルで得た貴重な経験を、より広い学問と運営の分野に応用してみたいと思っている。ところで、ぼくがいなくなったら、ボードーが君をこのままドイツ文学科において おくわけはないので、ぼくはまず、君を一緒にシーボードに連れていくことを提案してみた。しかし、シーボードでは君がこなくてもロシア学者は充分いるというんだ。そこでブロレンジに話してみた。だが、フランス文学科もいっぱいなんだそうだ。まったく運が悪い。なにしろ大学当局は、学生たちを惹きつけることができなくなったロシア語のコースを二つか三つやってもらうために、君をおいておくのは財政的負担が大きすぎると考えているんだから。周知のように、アメリカのとっている政策は、ロシア文化にたいするみんなの関心に水をさそうとする傾向にある。だが、君にとっても朗報だと思うが、英文科は君と同国人の俊秀を招くそうだ。彼はほんとうに魅力的な先生だよ――ぼくも一度彼の講演を聞いたことがある。彼はたしか君の旧友のひとりだ」

プニンはせきばらいをして、訊ねた――

「ということは、学校がわたしをクビにするということですか?」

「まあまあ、そんなに気にすることはない。きっと君の旧友が――」

「その旧友というのはだれですか?」とプニンは目を細めながら訊ねた。

ハーゲンはその魅力的な先生の名をあげた。

プニンは上体をのりだすようにし、ひざのうえにひじを立てて、手を握り合せたり離したりしながら、言った——

「たしかにわたしは彼を三十年以上も知っています。われわれは友人です。しかし、絶対に確実なことがひとつあります。それは、わたしは彼の下ではどんなことがあっても働かないということです」

「まあまあ、一晩寝てゆっくり考えてみたらいい。なにかいい方法が見つかるかもしれない。ともかく、この問題を論じる機会はまだ充分にあるんだ。君もぼくも、何事もなかったように授業をつづけよう、いいね？　勇気をもたなければいけないよ、ティモフェイ！」

「そうですか、わたしはクビになったんですね」プニンは手を握り合せ、頭をうなずかせた。

「なあ、ぼくたち二人は同じ船に乗っているんだ、運命を共にしているというわけだよ」とハーゲンが快活に言った。それから彼は立ちあがった。夜はもうすっかり更《ふ》けていた。

「ぼくは帰る」とハーゲンは言った。彼はプニンほど現在時制の常用者ではなかったが、それでもその時制を好んでいた。「今夜はほんとうにすばらしいパーティーだった。この楽しい気分をぶちこわそうなんて気はさらさらなかったんだが、われわれの共通の友人であるジョーンが君の楽天的な意向をぼくに教えてくれたもんだから、つい……じゃ、おやすみ。ああ、そうだ、ところで……もちろんこの秋の学期は、君の給料は全額支払われる。春の学期も、できるだけ多く引き出すように努力しよう。とくに、ぼくの老肩にかかっているくだらない事務的な仕事を君がいくらかでも引き受けてくれれば有利だ。また、ニュー・ホールでの芝居の上演に積極的に参加してみるのも得策だろう。ぼくの娘の演出で、ひとつ実際に舞台に出てなにかの役を演じてみるのもいいと思うね。そうすれば、君の気持もまぎれるかもしれないから。さあ、すぐにベッドにもぐりこむがいい。そして、なにかおもしろい探偵小説でも読みながら、眠るんだね」

玄関で、ハーゲンは手答えのないプニンの手を二人ぶんの力をこめて握りしめた。それから、ステッキを勢いよく振りまわし、快活そうに木の階段をおりていった。

彼の背後で網戸がバタンとしまった。

「かわいそうな奴」家に向って歩きながら、心のやさしいハーゲンはつぶやいた。「少なくともぼくは、にがい眠り薬をできるだけ甘くしてやったつもりだが」

13

プニンは食器台と食卓からよごれた陶器や銀器を台所の流しに運んだ。食物の残りは冷蔵庫の明るく冷たい光のなかに移した。ハムとタンは上々の売れ行きで、ぜんぜん残っていない。小さなソーセージもそうだった。だが、ヴィネグレットは失敗だった。キャヴィアと肉入りのタルトは、明日の食事の一回か二回ぶんに充分なほど残っている。食器だんすのそばを通ると、ドドー、ドドー、ドドー、と震動した。プニンは居間を見渡して、部屋の片付けをはじめた。プニン特製のパンチの最後の一滴が美しい鉢のなかできらめいている。ジョーンが口紅のついたタバコの吸いかけを受け皿《ソーサー》にねじるようにして押しつけていた。ベティはなんの跡も残さず、ガラス器をすべて台所に運んでおいてくれた。セーヤー夫人は皿のうえに、ヌガーと一緒に、美しい多色刷りの小さなマッチ・ブックをおき忘れていた。セーヤー氏は、半ダースほどの紙ナプキンをひねったりよじったりして、さまざまな奇妙な形を作っていた。ハーゲンは、手をつけてないブドウの小さな房に葉巻をつっこんで、きたならしく火を消していた。

台所でプニンは食器を洗う準備をした。絹の上着、ネクタイ、義歯をはずす。それから、ワイシャツの胸とタキシードのズボンを保護するために、派手なまだらのエプロンをつける。いろいろな皿に残っている食べ残しのご馳走を茶色の紙袋のなかにかき落とした。それは、まとめて、午後になるとときどき彼を訪ねてくる白い小犬にあたえるつもりだった。その犬は疥癬にかかっていて、背中の毛がところどころ抜け落ち、ピンク色の地肌が見えた――いかに自分が不幸だからといって、犬のよろこびを邪魔していいという理由はない。

彼は陶器やガラス器や銀器を洗うために流しに洗剤の泡だつ溶液を用意し、それからまず、最大限の注意をはらって緑青色の鉢をなまぬるい泡のなかにそっとおろした。泡のなかに沈んでいきながら、フリント・ガラスは共鳴を起して、柔らかい鈍い音を放った。つぎに、琥珀色のグラスと銀器を蛇口の下ですすぎ、同じ泡のなかに沈めた。それから、ナイフとフォークとスプーンを拾い出して、水ですすぎ、拭きはじめた。どことなくぼんやりした様子で、のろのろと仕事をつづける。彼のように几帳面な人間のやることでなければ、一種の茫漠とした放心状態といってもよい。彼は拭き終ったスプーンを集めて束にし、洗ってはあるがまだ乾いていない水差しのなかに入れた。それから、それらをまた一つ一つ取り出して、もういちど拭きなおした。それから、泡のなかやグラスの周囲や共鳴音を出す鉢の下などを手探りして、どこかにまだ銀器が残っていないかどうか調べた。すると、クルミ割りにぶつかり、拾いあげた。潔癖な彼はそれを水ですすぎ、拭きにかかった。そのとき、どうしたはずみかそのひょろ長い代物が布巾《ふきん》からすべり抜けて、屋根から人間が落ちるように落下した。彼はそれをつかもうとし、もう少しというところで捕えそこなった。事実、指先が空中でそのクルミ割りに触れたのである。だが、そのことがかえって落下を促進させることになり、宝物の鉢が隠れている泡のなかに勢いよく落ちていった。そして、突入すると同時に、ガラスの割れるぞっとするような音が起った。

プニンは布巾を片隅にほうり投げ、顔をそむけて、開いた裏口のドアの向うの暗闇をじっと見つめながら、一瞬立ちすくんでいた。レースのような羽をした小さな緑色の虫が、ツルツル光るプニンの禿頭の上の、裸電球の強い光のなかを静かに旋回している。生気のないうつろな目は涙にうっすらおおわれ、歯のない口をなかばあけている彼の姿は、たいへん年老いて見えた。それから彼は、不幸な事態を予想して苦悶の嘆きを発しながら、流しに戻っていき、気をとりなおして、泡のなかに手を深く沈めた。ガラスの破片が突きさするように手に触れた。静かに彼は砕けたグラスを取り除けた。美しい鉢は無事だった。彼は新しい布巾を取り出し、片付け仕事をつづけた。

ぜんぶきれいに洗って乾かし、鉢を食器棚のいちばん安全なところに他のものから隔離して安置し、暗い大きな夜の闇につつまれている小さな明るい家にしっかりと錠をおろして、落ち着くと、プニンはひき出しから黄いろい紙きれを取り出して、台所のテーブルに向って坐り、万年筆の蓋をとって手紙の文案を作りはじめた――

「親愛なるハーゲン」彼は明確な力づよい筆致で書いた、「今夜わたしたちが交わした会話をもう一度ここで要約させていただきます。白状しますと、いささかわたしも驚きました。わたしの思いちがいや聞きまちがいでないとすれば、あなたの仰言ったことは結局

――」

第七章

1

ティモフェイ・プニンについての小生の最初の思い出は、一九一一年のある春の日曜日に、小生の左の目に入った石炭の微粒とかかわりあいがある。

ペテルブルグ特有のあの風の荒れ狂う光り輝く朝のことだった。ラドガ湖に残っていた最後の透明な氷片も、ネヴァ河の流れにのって湾に運び去られ、うねり波打つ藍色の川波は大理石の堤防を洗い、埠頭に係留されている曳き舟や大きな艀《はしけ》はリズミカルにギーギーきしりあい、錨をおろした蒸気船のマホガニー材と真鍮金具が気まぐれな太陽の光に触れて輝いていた。小生は十二歳の誕生日に贈られた新品の美しいイギリス製の自転車の試乗に出かけていたが、寄木細工の床のようななめらかな舗道の上を、海岸通り《マルスカーヤ》にある赤い石造りのわが家に帰っていくとき、小生の心を悩ましていたのは、家庭教師の言いつけに背いたという由々しい事実よりも、眼球の上方に疼痛を起させている微粒のことだった。冷たいお茶にひたした脱脂綿を目にあてたり、鼻の方向へこするなどの家庭療法は、かえって事態を悪化させるばかりだった。翌朝目がさめると、まぶたの下にひそんでいるその物体は、多角形の固体のように感じられ、涙をためてまばたきするたびに、ますます深く埋もれていくような思いがした。午後、小生は眼科の権威者であるパヴェル・プニン博士のところに連れていかれた。

子供の感じやすい心に永久に残るあの愚劣な出来事の一つが、陽光のなかに埃の舞う豪華なプニン博士の待合室で家庭教師と一緒に過した時間を忘れがたいものにしている。青い小型の窓が、マントルピースの上の金めっきの時計のガラスの円蓋に映り、二匹のハエが生気のないシャンデリアの周囲をゆっくりと四角形を描きながらとびつづけていた。羽毛飾りのある帽子をかぶった婦人と黒眼鏡をかけた夫が、たがいに夫婦らしく沈黙を守って、長椅子に坐っていた。そこへひとりの騎兵将校が入ってきて、窓のそばに坐り、新聞を読みはじめた。それから、黒眼鏡の男はプニン博士の診療室にいった。すると、家庭教師の顔に奇妙な表情が浮んでいるのに気づいた。

悪くないほうの目で小生は彼の視線を追った。将校が婦人のほうへ上体を傾けていた。そして、フランス語で早口に、前日に婦人がこうしたとか、しなかったとかいって、彼女を責めたてている。婦人は手袋をした手を差し出して、男に接吻させた。男は手袋のはと目にぎゅっと唇をおしつけた——それから、彼の病気が何であったにせよ、ともかくそれは癒《いや》されたらしく、ただちに立ち去った。

柔和な顔だち、大きな体、細い脚、サルのような耳と上唇など、パヴェル・プニン博士はティモフェイに非常によく似ていた。それは三十年か四十年後のティモフェイの姿であった。だが、父親の博士のばあいは、頭の周囲に麦わら色の髪が生えていて、蜜蠟のような禿頭に変化を与えていたし、亡くなったチェーホフ博士のように黒ぶちの鼻眼鏡をかけてそれに黒いリボンをつけ、話すときの声は、大人になってからの息子の声とは非常にちがって、口ごもりがちな静かな声だった。その優しい博士が、小妖精の太鼓のばちのような小さな道具で、小生の眼球から不快な黒い微粒子を取り除いてくれたとき、小生はたまらないほどの救いを感じたものだった。あの微粒子はいまどこにあるのだろう？　つまらない、そして馬鹿げた事実ではあるが、たしかにそれはいまでもどこかに存在しているはずだ。

おそらく、学校の友達の家をいろいろと訪問して、中流階級のアパートなるものをつぶさに見ていたためか、小生はプニン家の様子を無意識のうちに心に描いていた。その心像はたぶん真実と合致しているはずである。したがって、プニン家のアパートが長い廊下をはさんで二列の部屋から成っていることを、かなりの確信をもって報告することができる

——片側には、待合室と博士の診療室があり、さらにその先には、おそらく食堂と客間があり、反対側には、寝室が二部屋か三部屋、それに勉強部屋、バスルーム、女中部屋、台所がある。小生が目薬のびんをもらって立ち去ろうとし、家庭教師がいい機会とばかりにプニン博士に目の痛みが胃病の原因になりはしないかと訊ねていたとき、正面のドアが開き、そして閉じた。博士がすばやく廊下に歩いていき、外にいるだれかに何か用かと訊ねると、静かな声で返事があり、博士は息子のティモフェイをともなって部屋に戻ってきた。息子は十三歳の中学生で、中学の制服——黒い上衣、黒いズボン、ピカピカ光る黒いベルト——を着ていた（小生がかよっていた中学校はもっと自由で、制服などというものはなく、自分の好きなものを着ていけばよかった）。

読者のなかには、プニンの短く刈った髪、ふくれた蒼白な顔、赤い耳、などを小生がほんとうに覚えているのかと疑問に思う人がいるかもしれない。だが、むろん、はっきりと覚えているのである。博士が誇らしげに、「息子は代数の試験でAプラスをとりましたよ」と言ったとき、その誇らしげな父の手から彼がそっと肩を離したことさえ、小生はありありと記憶している。廊下の向うのほうから、刻みキャベツのパイのにおいが間断なく流れていた。勉強部屋の開いたドアのあいだからは、壁にかかったロシアの地図、棚の上の書物、リスの剝製、単葉飛行機の模型などが見えた。飛行機の模型はリンネル紙の翼をもち、弾性ゴムで動くやつで、小生も同じようなのをもっていたが、小生のはプニンのよりも二倍は大きく、ビアリッツ[1]で買ったものだった。プロペラをしばらく巻いてから離すと、ゴムがよりを戻しはじめてはげしく魅力的に回転し、やがて終りがくるのである。

訳注

1　フランス南西部ビスケー湾に臨む町

2

それから五年後。ペテルブルグ近郊の別荘で夏の始めをすごしたあとで、母と弟と小生は、バルト海沿岸の有名な避暑地にほど遠くない、奇妙に荒涼とした田舎屋敷に、陰気な老叔母を訪ねたことがあった。そしてある日の午後、夢中になって、はなはだ珍しいモンヒョウチョウの変種を腹のほうを上にして押しひろげながら、そのうしろの羽の裏側を飾っている銀色の縞が金属的な光沢をもつむらのない広がりに溶けこんでいるのを眺めていると、従僕がやってきて、叔母が自分を呼んでいると伝えた。応接間にいってみると、叔母は大学の制服を着た二人の内気そうな青年と話していた。ブロンドの縮れ毛をしたのがティモフェイ・プニンで、朽ち葉色のがグリゴリー・ベロクキンであった。二人は、叔母の地所のはずれにある空いている納屋を芝居の上演のために使用させてほしいと、許可を求めにやってきたのである。その芝居というのは、シュニッツラーの『恋愛三昧』をロシア語に翻訳したものだった。色あせた新聞の切り抜きに主としてその名声を託している、アンチャーロフというセミプロの田舎俳優が、上演を手伝ってくれることになっているという。小生にも参加を求められた。だが、当時十六歳の自分は、内気であると同時に傲慢でもあったので、第一幕の無名の紳士の役なんか厭だと断わった。会見はたがいに気まずい思いのままで終った。プニンかベロクキンかが梨酒のグラスをひっくりかえしたが、べつにそれによって事態は緩和されず、小生はチョウのところに戻った。二週間後、小生はどういうわけか芝居の上演を見にいかざるをえない羽目になった。納屋は避暑客や近くの病院の傷病兵でいっぱいだった。小生は弟と一緒だったが、となりには、叔母の執事であるロベルト・カルロヴィッチ・ホルンが坐っていた。彼はリーガ出身の、暗青色の眼が充血した、陽気なよく太った男で、心をこめて場違いの拍手ばかり送っていた。小生は装飾用のモミの枝の匂いと、壁の割れ目のあいだから光っていた小作人の子供たちの目をいまでも記憶している。前列の席は舞台に非常に近かったので、裏切られた夫が、竜騎兵で大学生であるフリッツ・ロープハイマーが妻にあてて書いた恋文の束を取り出し、それをフリッツの面前に突きつけたとき、その束が切手のところを切りとった古葉書の束であることをはっきり見てとることができた。この激昂した紳士の役、すなわち小生が断わったその小さな役が、ティモフェイ・プニンによって演じられたということを小生は絶対に確信している（もちろん彼は、つぎの幕では別の人物に扮して登場したかもしれないが）。しかし、淡黄色の外套、やぶのような口ひげ、真中でわけた黒いかつらなどが、変装を完璧なものにしていたので、プニンの存在にたいするささやかな関心だけでは、小生の確信を根拠のあるものだとする保証にはなりえなかったかもしれない。決闘で倒れる運命にある若い恋人のフリッツは、紳士の妻である黒ビロードの貴婦人と幕裏で不可思議な情事を行なっているばかりでなく、純真なウィーン娘クリスチーネの心をもてあそんでいる。フリッツを演じたのは、ずんぐりした四十男のアンチャーロフだったが、彼は派手な灰褐色のメーキャップをし、毛皮の敷物を打つような音をたてて胸をどしんどしんたたき、小馬鹿にして覚えようとしなかった自分の役に即興のセリフをむやみにつけくわえたので、フリッツの友人であるテオドール・カイザー（演じたのはグリゴリー・ベロクキン）はほとんど舞台で立往生してしまった。ヴァイオリニストの娘のクリスチーネ・ヴァイリングの役は、アンチャーロフがちやほやご機嫌をとっていた金持の老嬢が演じたが、完全なミスキャストだった。テオドールの愛人で婦人帽子屋のミッチ・シュラーゲルは、ベロクキンの妹の、ビロードのような目をした、華奢な首筋の、美しい少女が魅力的に演じた。その夜、最大の喝采をはくしたのは、彼女だった。

3

当然のことながら、革命とそれにつづく内乱の時期には、プニン父子のことを思い起す機会はほとんどなかった。小生の前記の描写が多少詳細にわたっているとしても、それはただ、一九二〇年代の初期のある四月の晩に、パリのカフェで、とび色のあごひげと子供っぽい目をしたティモフェイ・プニンと握手をしたときに、ぱっと小生の心にひらめいた思い出を、まとめてお伝えしたにすぎないのである。当時のプニンは、ロシア文化に関するすばらしい論文をいくつか発表している、学識ゆたかな青年著述家だった。当時ロシアの亡命作家や芸術家たちは、かれらのあいだでたいへん人気のあった朗読会や講演のあとで、『三つの泉』に集まるのが習慣だったが、小生が、朗読のためにまだしゃがれている声で、以前の出会いのことをプニンに思い起させようとし、また、異常なほど鋭く明晰な自分の記憶力を披露して、彼や周囲の人々の興味を喚起しようと試みたのは、そうしたときのことだった。しかし、プニンは一切を否定して、つぎのように言った——君の叔母のことはぼんやりと覚えているが、君に会ったことはない。自分の代数の点はいつも悪いものだったし、父が息子の自分を患者の前につれて出るようなことはけっしてなかった。『恋愛三昧』で自分が演じたのはクリスチーネの父親の役だけだった、と。そして彼は、これまで小生に出会ったことはいちどもないということをくりかえし主張した。われわれ二人の議論は、悪気のない軽いやりとりにすぎなかったので、周囲の人はみな笑って聞いていた。小生は、彼が自分の過去を思い出したがっていないことに気づき、別のもっと一般的な話題に話を変えた。

まもなく小生は、褐色の髪に金色のバンドをまき、黒い絹のセーターを着た、印象的な目鼻だちの若い女が、小生の話の主な聞き手になっていることに気がついた。彼女は右のひじを左の手でかかえ、ジプシーがやるように右手の親指と人さし指のあいだに巻きタバコをはさんで、小生の前に立っていた。タバコから立ちのぼる煙のために、輝く青い眼をなかば閉じていた。彼女はリーザ・ボゴレポフという医学生で、詩も書いていた。彼女は、自分の書いた詩を送るから批評してもらえないだろうかと小生に訊ねた。それからしばらくしてふと気がつくと、彼女は、ぞっとするほど毛ぶかい若い作曲家イワン・ナゴイと並んで坐っていた。二人はいわゆる「かためのさかずき」を交わしていた。すなわち、たがいに自分の腕を相手の腕にからませながら、酒を飲むのである。いくつかの椅子をへだてたところから、リーザの最近の恋人であった有能な神経学者のバラカン博士が、アーモンドのような形をした黒い眼に静かな絶望をたたえて、彼女を見まもっていた。

数日後、彼女は自作の詩を送ってきた。それはまあ言ってみれば、三流の亡命女流詩人たちがアフマトーヴァの流儀にならって書きあげたような代物である。弱々強の四歩格に多少なりともしたがって、おそるおそる歩きだし、ものほしげな吐息とともにどさりと腰をおろす、気どった感傷的な抒情詩だった——

サマツヴェートフ・クローミェ・アーチェーイ
ニエト・ウ・メニャー・ニカキーフ
ノ・イェスチ・ローザ・イェシチョー・ニジニェーイ
ローゾヴイフ・グープ・マイーフ
イ・ユーノシャ・チーヒイ・スカザール
「ヴァーシェ・セールシェ・フセヴォー・ニジニェーイ……」
イ・ヤー・アプスチーラ・グラザー……

これは小生が強勢の記号を添えて原詩を音訳したものである。[1] スカザール＝グラザーのような不完全な脚韻は非常に優雅なものとみなされていた。底流をなすエロティックな傾向と宮廷恋愛的な暗示にも注意していただきたいと思う。散文訳をすればつぎのようになるだろう、「わたしは自分の眼をのぞいては宝石をなにひとつもっていない。しかし、バラ色の唇よりももっと優しい一輪のバラをわたしはもっている。すると、もの静かな青年がいった、『あなたの心より優しいものはありません』わたしは眼をふせた……」

小生はリーザに返事の手紙を書き、彼女の詩は拙劣で、詩作はやめたほうがいいだろうといってやった。その後しばらくして、別のカフェで、彼女が長いテーブルのそばに坐り、十二、三人の若いロシアの詩人たちにかこまれて、得意そうにはなやかに振舞っているのを見かけた。彼女はあざけるような不可解な執拗さで、絶えずそのサファイアのような視線をちらりちらりと小生に注いでいた。われわれ二人は言葉を交わした。小生はどこかもっと静かな場所でもう一度あの詩を見せてくれないかと彼女に言った。彼女は承知した。小生は、最初に読んだときよりももっと拙劣な詩のような感じがすると彼女に語った。彼女は、頽廃的な小さなホテルの浴室のないいちばん安い部屋で、笑いさざめく二人の若いイギリス人を隣人にして暮していた。

編注

1 「訳者あとがき」にある、翻訳の際に割愛された箇所の大意は、前頁のロシア語の詩を英語に音訳した際に、「通例iは短いee、uは短いoo、zhはフランス語のjのように発音されるものとした」というもの哀れなリーザ！　もちろん、彼女にも芸術的感興に襲われるときがあった。彼女といえども、五月の夜に、むさ苦しい街路で魅せられたように立ち止り、街燈の光に照らされた黒い濡れた壁の上の、古いポスターのまだらな残骸に感嘆し、街燈のそばでうなだれているリンデンの葉の半透明な緑を讃美する——否、愛慕する——ときがあったのだ。だがリーザは、健康的な美しい容貌とヒステリックな女々しさとを兼ねそなえた女たちのひとりだった。抒情的な激情ときわめて実際的で平凡な精神、意地の悪い気質と感傷癖、雲をつかむような仕事に容赦なく人々を追いやるたくましい能力と無気力な屈従、そういったものを合わせもった女であった。話したところで個人的なつまらないことなので、その内容にはふれないが、さまざまな感情のもつれと事件が重なって、リーザはついにひと握りの睡眠薬を飲んだ。気を失って倒れる拍子に、彼女は詩を書くのに用いていた深紅色のインクの開いたびんをひっくり返した。そのあざやかな色のしたたりがドアの下に流れ出し、隣人のクリスとルーがそれに気づいて、運よく彼女を救い出すことができた。

その不慮の事故のあと、小生は二週間ほど彼女に会わなかったが、小生がスイスおよびドイツに向けて出発する直前、小生の住んでいた街のはずれにある小さな公園で、彼女は小生を待伏せしていた。パリの町のような淡紅灰色の魅力的な新しいドレスを身にまとい、青い鳥の羽のついた魅惑的な新しい帽子をかぶり、思わず眼を見はるようなスマートな姿で、折りたたんだ紙を小生に手渡した。「あなたから最後のご忠告をおうかがいしたいの」と彼女はフランス人のいわゆる白い声[2]で言った。「これはわたしにたいする結婚の申し込みの手紙なの。夜の十二時までお待ちしていますわ。もしあなたからなんのお言葉もいただけないようでしたら、わたしはこの結婚の申し込みを受けるつもりです」彼女はタクシーを呼びとめて、去った。

その手紙は偶然にも小生の書類のなかに残っている。内容はつぎのとおりである——

「親愛なるリーズ（手紙はロシア語で書かれているが、筆者はずっと彼女をリーズというフランス語の名で呼んでいる。おそらく、リーザではあまりにもなれなれしいし、エリザヴェータ・イノケンティーヴナではかた苦しすぎるからであろう）、ぼくの告白を聞いて貴女が心を痛めるのではないかと恐れています。感受性の強い人間にとって、他人がぶざまな立場にあるのを見ることは、常に苦痛であるからです。たしかに今のぼくの立場はぶざまなものです。

リーズ、貴女は詩人、科学者、画家、伊達男たちに取り巻かれている。昨年、貴女の肖像画を描いたあの有名な画家は、今、マサチューセッツ州の荒野で、酒に溺れて死にかかっ

訳注
2　フランス語の voix blanche は「抑揚のない声」の意味

ていると聞いています。そのほかにも、さまざまな噂が流れている。それでもなお、あえてぼくは貴女に手紙を書こうとしているのです。

ぼくは眉目秀麗でもなく、面白い男でも、才能のある人間でもない。金持でさえない。しかしリーズ、ぼくは自分のもっているすべてのものを貴女に捧げます。最後の血の一滴、最後の涙にいたるまで、すべてのものをです。これはいかなる天才も捧げえないものであることを信じてください。天才は自分のために多くのものを貯えておかなければならないから、ぼくのように自己のすべてを捧げることはできないのです。ぼくには自分がはたして幸福になれるかどうか自信がありませんが、貴女の幸福のためには何事をも辞さない覚悟です。ぼくは貴女に詩を書いて欲しい。精神療法の研究もつづけて欲しい。精神療法のことはぼくにはよくわかりませんが、理解できる部分について述べますと、その妥当性をぼくは疑わしく思っております。ついでながら、ぼくの友人のシャトー教授がプラハで出版した小冊子を別便でお送りいたします。それは、誕生は幼児の側の自殺行為だとする例のハルプ博士の理論を、実に見事に論破したものです。差し出がましいようですが、シャトーの秀れた論文の四十八頁にある明らかなミスプリントを訂正しておきました。鶴首してお待ちしております、貴女の……」（その欠けた部分はおそらく「色よいご返事を」であろう。手紙の最後のところは署名と共にリーザによって切り取られていた）。

4

六年後、パリを再訪したとき、小生はティモフェイ・プニンが小生の出発後まもなくリーザ・ボゴレポフと結婚したということを知った。彼女は出版した自分の詩集『乾いた唇』を小生に送ってきた。それには暗赤色のインクで、「見知らぬ人より見知らぬ人へ」と記してあった。小生は、ある有名な亡命革命家のアパートでの夜のお茶の会で、プニンと彼女に出会った。その会は、亡命社会の活動的な中核をなす旧式のテロリスト、英雄的な修道女、有能な快楽主義者、自由主義者、勇敢な若い詩人、年輩の小説家や画家、出版業者や政治評論家、自由主義的な哲学者や学者などの集まる非公式な会合の一つだった。これらの人々は亡命者の社会のなかでいわば一種の騎士団のようなものを形成し、三分の一世紀にわたって繁栄をつづけたのであるが、その存在はついにアメリカの知識人にはほとんど知られることがなかった。共産主義者の巧妙な宣伝によって、アメリカの知識人たちは、ロシアからの移民とはいわゆるトロツキスト（その名称が何を意味するにせよ）、破産した反動主義者、転向したかあるいは擬装しているチェーカ[3]のメンバー、貴婦人、僧侶、レ

3　反革命運動やサボタージュなどを取り締るためにロシアで作られた非常委員会

ストランの経営者、白系ロシアの軍人たちなどから成る実体のない漠然とした集団にすぎぬと信じこんでおり、文化的にはなんらの重要性ももたないと考えていたのである。

プニンがテーブルの向ぅの端でケレンスキーと政治論に熱中しているのを利用して、リーザは小生に——例のむき出しの率直さで——自分が「すべてをティモフェイに打ち明けた」こと、彼は「聖者のような人間」で、自分を「許してくれた」ことなどを話してくれた。幸いにも、彼女はその後の会合にはそれほどプニンに付き添ってはこなくなった。小生は単独できた彼のとなりに坐ったり、あるいは向い合せに席を占めて、われわれの小さな孤独な遊星の上の、宝石をちりばめたような暗いパリの町を見ながら、親しい友人たちと歓談した。燈火が居並ぶソクラテスのような頭蓋を照らし、かきまぜられたお茶のなかでレモンの切れはしが回転していた。ある夜、バラカン博士とプニンと小生がボロトフ夫妻の席に坐っていたとき、小生はたまたまバラカン博士に彼の従妹のリュドミーラのことを話しかけた。彼女はいまD卿夫人になっているが、小生はヤルタやアテネやロンドンで彼女に会ったことがあるのである。すると、不意にプニンが博士に向ってテーブルごしに大声をあげた、「ゲオルギー・アラモヴィッチ、彼のいうことを信じてはいけませんよ。彼はなんでもでっちあげてしまうんです。まえに彼は、わたしと彼とがロシアで学校友達であり、試験のときカンニングをしたという話を捏造したことがあります。彼は恐るべき創作者なんです」バラカンと小生はこのプニンの感情の爆発にすっかり仰天してしまい、坐ったまま、黙ってたがいに顔を見合せた。

5

昔の交友関係を思い起すとき、しばしば、のちの印象のほうが最初のころの印象よりも薄れがちになる傾向がある。一九四〇年代の初期にニューヨークで、あるロシアの芝居の幕あいに、リーザと彼女の新しい夫エリック・ウィンド博士に話しかけたことがある。彼は自分は「プニン教授にたいして心からなる友情を抱いている」と語り、第二次世界大戦の初期にプニンと一緒にヨーロッパから航海してきたときの奇怪な事実の一部を詳しく話してくれた。小生は当時ニューヨークにおいて、いろいろな学会や社交的な会合で幾度かプニンに出会っている。しかし、はっきり覚えていることといえば、一九五二年のある雨の降る陽気な晩に、ウェスト・サイドのバスに一緒に乗ったときのことだけである。われわれは、ある偉大な作家の死後百年を記念して、ニューヨークの下町で多数の亡命者の聴衆を集めて開かれた文芸講演会に出席するために、それぞれ自分の大学からやってきたのだった。プニンは四〇年代の中頃からウェインデルで教えていたのであるが、このときほど健康そうで、溌剌《はつらつ》としていて、自信にあふれている彼を小生は見たことがなかった。われわれ二人は、プニンが洒落ていったように、どちらも期せずして八十代の男[4]——つまり、どちらもウェスト・サイドの八十番台の通りに宿をとっていた。二人は発作的に振動する満員のバスのなかで、手近の吊り皮にぶらさがっていたが、善良なるわが友は威勢よく頭をひょいと下げたりひねったりしながら（彼は十字路を通過するたびにその番号をチェックしていたのだ）、講演会では充分に語る時間のなかったホメロスとゴーゴリの漫然たる比喩法の使用について、堂々たる講義を小生にしてくれた。

4　一八八〇年代生れということと、八十番台の通りに泊っていることとをひっかけた洒落

6

ウェインデル大学の教授の地位を受諾することに決めたとき、小生は自分が創設しようと計画している特別のロシア関係部門に、教師として自分が望む人物ならだれを招いてもいいということを条件にした。その要求が聞きいれられたことを確認すると、小生は早速ティモフェイ・プニンに手紙を書き、最大級の丁重な言葉をつらねて、彼の望むとおりの方法や程度でよいから、小生の手助けをしてくれと申し出た。だが、彼の返事は小生を驚かせ、傷つけた。彼はそっけない言葉で、自分はもう教えることにはうんざりしている、春の学期が終るのを待たずにやめるつもりでいる、と書いていた。それから彼の手紙は、別の話題に移っていた。ヴィクター（小生は丁寧に彼の消息を訊ねたのである）はいま母親と一緒にローマにいる。彼女は三番目の夫と離婚して、イタリア人の画商と結婚した。最後にプニンは、はなはだ残念ではあるが、貴殿がウェインデルで就任公開講演を行う二月十五日火曜日の二、三日前に、自分は大学を去る予定にしている、と述べていた。行先は記してなかった。

小生の乗ったグレイハウンド・バスがウェインデルに到着したのは、十四日月曜日の夜であった。小生はコッカレル夫妻の出迎えをうけ、かれらの家で遅い夕食をご馳走になった。そのとき小生は、ホテルに泊りたいという自分の希望に反して、その家で一夜を過さなければならないということを知った。グウェン・コッカレルは、やがて四十に手がとどこうかという非常に美しい婦人で、仔猫のような横顔と優美な四肢にめぐまれていた。彼女の夫とはニュー・ヘイヴンで一度出会ったことがあり、丸顔の元気のない、くすんだ金髪のイギリス人のように記憶していたが、今度会ってみると、彼がほぼ十年にわたって真似をしつづけてきた男の特徴をまがうかたなくそっくり身につけていることがわかった。小生は疲れていたので、食事の最中にフロア・ショーを楽しもうという気はあまりなかったが、ジャック・コッカレルのプニンの真似が完璧なものであることは認めざるをえなかった。彼は少なくとも二時間は演技をつづけ、プニンのあらゆる姿態を見せてくれた。授業のときのプニン、食事をしているプニン、女子学生に秋波を送っているプニン。軽率にも浴槽の真上のガラス棚に扇風機をのせてまわし、その振動のためすんでのところでそれが落ちそうになったときの物語をするプニン。自分をほとんど知ってもいない鳥類学者のウィン教授に、自分たちはたがいにティムとトムと呼び合う仲間であることを納得させようと試みているプニン――そして、当惑したウィンが、これはだれかがプニン教授の真似をしているのにちがいないと決めこむときの様子。コッカレルの演技はもちろんプニン式の身振り、プニン式の乱暴な英語を主体にしたものであったが、同時に彼は、セーヤーとプニンが教員クラブで隣り合せの椅子に坐り、身動きもせずにじっと瞑想にふけっているときの、両者の沈黙の微妙な相違といったようなものも、演じわけることができた。書庫や校庭の池のほとりにいるプニン。つぎつぎに借りたさまざまな部屋のことを批評するプニン。どのようにして運転技術を習得し、「ロシア皇帝の枢密顧問官の養鶏場」からかえる途中でどのようにして最初のパンクを処理したかを物語るプニン（コッカレルはプニンが夏をすごしていたのはその「養鶏場」だと考えていた）。つぎからつぎへと演技は進行し、ついには、自分が「射殺された」とある日とつぜん宣言するプニンが登場した。演技者のコッカレルの言によれば、この哀れな男は「首になった」[5]と言うつもりで、いいまちがえたのだそうである(小生はわが友がそんないいまちがいをしたはずはないと思う)。見事な演技者のコッカレルは、また、プニンと彼の同国人コマロフとのあいだに起きた奇妙な確執のことも話してくれた。コマロフは平凡な壁画家で、偉大なラングが大学食堂の壁に描いた教授陣の肖像画に、せっせと新しいのを描きくわえている男である。彼はプニンとはちがう政党に

5 原語の「ファイア」には、「発射する」という意味も含まれている

属していたが、すこぶる愛国的な芸術家であったので、プニンの解雇を反ロシア的なジェスチャーと考え、プニンの肖像を食堂の壁に描き入れるために、若くてふとった（いまは痩せこけている）ブロレンジと、これも若くて口ひげをはやした（いまは剃っている）ハーゲンとのあいだの、ふくれ面をしたナポレオンの肖像を消しにかかった。その結果、昼食のときに、プニンとプア学長とのあいだに騒動がもちあがった。激怒したために早口になり、英語がうまく出てこないプニンは、壁に描かれた幽霊のようなロシア農民像の下絵を震える人さし指でさしながら、もしあの仕事着の上に自分の顔が描かれるようだったら、大学を告訴すると絶叫した。しかし相手のプアは完全な盲目の闇に閉じこめられていたので、一向に動ぜず、プニンの言葉が終るのを待って、だれに言うともなく訊ねた、「いま叫んでいた外国の紳士は、うちの教官なのかね？」ああ、その場面を演じるコッカレルのいかに巧みで滑稽なことだったか！　グウェン・コッカレルはその演技をそれまで何度も見ていたはずだが、それでもひどく大声をあげて笑いこけてしまい、うるんだ目をした茶色のコッカ・スパニエル犬の老ソバケヴィッチが、不安そうにもじもじと身動きをはじめて小生の体をくんくん嗅いだほどである。くりかえして言うが、その演技はすばらしかった。だがあまりにも長すぎた。真夜中ごろには面白味が薄れはじめ、浮べつづけていた笑みは、唇のケイレンに変っていくような気配を示しはじめた。そしてついにはすべてがとてつもなく退屈なものとなり、小生は心のなかで、このプニンの真似はコッカレルにとっては宿命的な強迫観念になっているのではないかと考えた。なにか詩的な復讐といったようなものがはたらいて、はじめ嘲弄の的にされていたものが救い出され、当の本人が犠牲者になってしまったのではないかと思ったのである。

われわれはスコッチ・ウィスキーを大量に飲んでいた。十二時をすぎてしばらくすると、とつぜんコッカレルがあることを思いついた。それは、酔いがある程度まわった段階においては、はなはだ気がきいて愉快なものに見える思いつきのひとつだった。彼が言うには、あの古狐のプニンの奴はほんとうは昨日出発してはいない、家に隠れているはずだ、ひとつ電話をかけて確かめてみようじゃないか？　と言うのである。コッカレルは電話をとりあげてダイアルをまわした。相手の家の廊下で実際に鳴りひびいていることを伝える遠い音が受話器に聞えてきたが、その強引な一連の呼び出し音にもかかわらず、応答はなかった。しかし、もしほんとうにプニンがその家を引き払ったのなら、おそらくこの正常に作動している電話はつながらないはずだった。愚かにも小生は、善良なるわがティモフェイ・プニンに、なにか友情ある言葉を語りかけたくてたまらなかった。そこでしばらくして、今度は小生がダイアルをまわした。すると急にカチリという音がして、音波の世界がひらけ、重苦しそうな息づかいが伝わってきた。それから相手は、下手な作り声で、「彼はうちにはおりませんです。出ていきました。とっくに出ていきました」と言った。そして、電話を切った。しかし、わが旧友をのぞいては、だれもあれほど力を入れて、「うち」と言ったり、「とっくに」と言ったりするはずはない。彼の最高の模倣者といえども、それは不可能であろう。それからコッカレルは、トッド・ロードの九九九番地まで車をとばしていき、潜伏しているそこの住人にセレナーデを奏でようと提案した。しかし、さすがにここでコッカレル夫人が駄目を入れた。口のなかも心のなかもいささか後味の悪い思いを残して、われわれはみな床に就いた。

7

小生は風通しのいい、可愛い家具の並んだ魅力的な部屋で、眠られぬ一夜をすごした。その部屋は窓もドアもきちんとは締らず、長年のあいだ小生につきまとって離れないシャーロック・ホームズの一巻本を枕もとのスタンドの支えにしたが、スタンドの光は非常に暗い貧弱なものだったので、朱《あか》を入れようとしてもってきたゲラ刷りも、不眠症の慰めにはなってくれない。トラックの轟音が二、三分おきに家を振動させた。うとうとと眠りに落ちかけては、ハッとあえぎながら目をさますという過程をくりかえしていた。えたいの知れないブラインドらしいものを通して街路の光が鏡にとどき、それに眩惑されて、自分はいま銃殺射撃隊と向い合っているのではないかと思ったりした。

小生の体はその体質上、苛烈な一日に立向う前に、毎朝かならずオレンジ三個分のジュースを飲みほすことを必要としている。そこで七時半になるとすばやくシャワーを浴び、それから五分後には、耳の長い意気銷沈しているソバケヴィッチを連れて家を出た。

空気は膚を刺すように冷たく、空は澄み、輝いていた。人気《ひとけ》のない道路が、点在する雪のあいだを縫って、南の灰青色の丘をのぼっているのが見えた。葉の落ちた高いポプラの樹が、草ぼうきのように褐色になって、右手にそびえたち、その長い朝の影が道を横切って、向い側の銃眼《はざま》模様の刳形《くりがた》のついたクリーム色の屋敷までとどいていた。コッカレルの話によると、小生の前任者はトルコ帽をかぶった大勢の人間がその屋敷に入っていくのを見たため、そこをトルコ領事館だと考えていたそうである。小生は左手の北に向い、二丁ほど坂道をくだって、前夜目をつけておいたレストランにいった。だが、まだ開店していなかったので、引き返すことにした。ところが、二、三歩もいかないうちに、ビールを積んだ大きなトラックが轟音をたてて坂道をのぼってきた。そしてそのすぐあとに、犬が白い首をつき出している薄青色の小さなセダンがつづき、それから、最初のとまったく同じ型のもう一台の大きなトラックがやってきた。そのみすぼらしいセダンには荷物の包みやスーツケースが押しこまれ、運転しているのはプニンだった。小生は大声をあげて挨拶の言葉を投げかけたが、彼はこちらを見なかった。こうなれば唯一の頼みは、彼の車が一丁ほど先の赤信号で止っているあいだに、大急ぎで坂道をのぼって追いつくことだった。

　小生はうしろのトラックを急いで追い越し、ふたたびわが旧友のこわばった横顔をちらりと一べつすることができた。彼は耳おおいのある帽子をかぶり、冬外套を着ていた。しかし、つぎの瞬間に信号は緑に変り、首をつき出している白い小犬がソバケヴィッチに向ってやかましく吠えたて、すべてが――第一トラック、プニン、第二トラックの順で――前方にどっと流れはじめた。小生はそこに立止ったまま、その三台の車があのムーア風の屋敷とポプラの樹のあいだを抜けて、遠く走り去っていくのを眺めていた。すると、小さなセダンは大胆にも勢いよく前のトラックを追い越し、前をさえぎるものがなくなって、輝く路面を驀走《ばくそう》しはじめた。道はしだいに細くなって、静かにたなびく霞のなかで黄金の糸と化し、山また山が連なる美しい遠景の彼方には、どのような奇蹟がひそんでいるか何人《なんぴと》にも予測することはできなかった。

コッカレルは茶色のローブをはおり、サンダルをひっかけて、ソバケヴィッチを家のなかに入れ、小生を台所に案内した。腎臓《もつ》と魚というイギリス式の気のめいるような朝食だった。

「ところで」と彼はいった、「ぼくがこれからやろうと思うのは、プニンがクレモーナ婦人クラブに講演にいったときの事件だ。席を立った瞬間に、彼は自分が間違った原稿をもってきていることに気がついた」

訳者あとがき

本書はウラジーミル・ナボコフ（Vladimir Nabokov, 1899－）が一九五七年に公刊した"Pnin"の全訳である。もっとも、第七章の3の中途にあるロシア語の詩につづく一、二行は、邦訳しても無意味だと思われたので割愛した。

ナボコフの作品の邦訳はこれがはじめてではなく、現在のアメリカ小説界にあって特異な地位を占め、アメリカ小説に芸術性の豊かな新しい審美的な分野を注入しているかにみえるこの作家のことは、すでに比較的よく知られているが、彼の略歴を簡単に述べると、彼は一八九九年ペテルブルグで、名門の貴族の家に生れた。十四、五歳のころからすでに詩作をはじめていたが、革命の勃発とともに一家をあげて祖国を離れねばならなくなり、一九一九年ロンドンにたどりついた。父たちはまもなくベルリンに移ったが、彼は弟とともにイギリスに残り、ケンブリッジ大学のトリニティ・コレッジに入学、専攻はロシア文学とフランス文学の研究であったという。同大学を優秀な成績で一九二二年に卒業したが、同年には自作詩集を公刊している。その後、ベルリンを中心としてドイツ、フランスなどヨーロッパ各地を転々とし、その間に詩ばかりでなく小説なども書きはじめ、詩人・小説家として彼はヨーロッパの亡命ロシア人のあいだで次第に有名になった。一九四〇年、妻子をともなってフランスからアメリカに移住したが、そのころまでにはロシア語の小説を八篇ほど公刊していた。渡米後は、コーネル大学などで教鞭をとり、同時に英語でものを書きはじめて、『ニューヨーカー』誌の定期寄稿者にもなった。一九五五年『ロリータ』の発刊（最初はフランスで出版され、アメリカでの出版は一九五八年）によって、アメリカ作家としての地歩が固まると（一九四五年にアメリカ市民に帰化している）、教壇を去って執筆活動に専念するようになり、現在はスイスに在住しているようである。

一九一六年、最初の詩集を私費出版して以来、今日までの彼の文学的な業績はぼう大なものである。少なくとも四百十篇の詩を書き（そのうちの二十八篇は英語で書かれるか英語に翻訳されたもの）、そのほかに戯曲九篇、数えきれないほどの文芸批評や評論、自伝的な回想録や翻訳などがある。小説の数は十四篇にのぼるが、ロシア語で書かれた八篇のうち六篇までは著者自身の手によってすでに英訳されているし、英語で書かれアメリカで出版された六篇のロシア語への翻訳にも着手しているという。

これほどの多作でありながら、さきほどもちょっとふれたように、作家としての彼の地歩がアメリカばかりでなく国際的にも確立したのは、一九五五年の『ロリータ』以降であるが、以来、この作家に対する関心は急激に高まり、これまですでに数冊のナボコフ論ないし作品論が刊行されている。ナボコフは作家として従来のいかなる伝統や流派や技巧にもかかわりあいをもつことを拒否し、過去現在のどのような文学運動にも無縁であることを宣言している。彼はしばしばジョイスやプルーストやカフカなどと比較して論じられるが、おそらくそれは、かれらが一様にいかなるカテゴリーにも属することを拒否し、また、国家的な境界を超越しているからであろう。

ナボコフの小説の多くは、祖国を離れた亡命流浪者の「郷愁」を主題にしているが、その「郷愁」は『賜物』のフョードルが語っているように、「われわれの郷愁は歴史的なものではなく――人間的なものにほかならない」（大津栄一郎氏訳）そして、その「人間的なもの」こそは、根無し草のような生活を強いられている亡命流浪者にとって、信頼することのできる唯一の根なのであり、あらゆる既成の通俗的な概念をとりはらってその根を見つめ慈しむところに、ナボコフ独特の文学があるといえよう。一見、ナボコフの小説には空想と幻影と想像の世界が縦横に交錯しているかにみえて、そこに私たちが現実以上に真実ななにかを見出す所以である。

ここに訳出した『プニン』にしても、主人公のプニンは「真に自己にたいして誠実であれば、マイラの死（ナチスによる虐殺）のような事態を可能ならしめる世界に、とうてい良心と正気をもって生き続けられるはずはない」としながらも、他方では、「ここは現世であり、奇妙なことに、自分はまだ生きている。そして、自分にもまた人生にも、なにかしら意味がある」とつぶやき、「悲しみこそはこの世で人びとがほんとうに所有している唯一のものではないでしょうか？」と訴えているのである。一八九八年にペテルブルグに生れ、祖国を追われた亡命ロシア人としてアメリカに帰化し、大学でロシア文学を講じているプニン教授は、もちろん作者ナボコフの分身であるが、涙が出るほど滑稽なプニンの行状を、作者自身つぎのように診断している。

「プニンの悲しい症状を、われわれはどのように診断したらよいのだろうか？　断わっておくが、プニンはけっして十九世紀式のあの人のいい陳腐な代物、すなわちドイツ人のよくいう〈ぼんやり教授〉のひとりではない。むしろ彼は、風変りで気まぐれな環境（見当のつかないアメリカ）にあって、なにかとんでもない失敗をしでかしはしないかと、たえず悪魔の落し穴に気をくばり、用心しすぎているくらいなのである。ぼんやりしているのは世間のほうなのであって、それを整理整頓するのがプニンの任務なのだ。彼の生活は不条理な事物との絶えざる戦いであった」

プニンはこの「不条理な事物との絶えざる戦い」において、一歩もゆずろうとはしない。そこに、私たちはドン・キホーテ的なおかしさと笑いを見出すのだが、同時に胸をしめつけられるような一種の「郷愁」をおぼえるのである――私たちにいいようのない不安をそそのかす「郷愁」を。

『プニン』はナボコフの作品中でもけっして大作ではない。むしろ小篇と呼ぶにふさわしい作品である。しかし、多くの人たちは、この作品をナボコフのもっとも魅力ある傑作だと称している。プニンという喜劇的な人物は、今世紀の生んだもっとも忘れがたい人物のひとりではなかろうか？　そして、最後の一種のどんでん返しによって、その効果はいっそう高められているように思われるが、並大抵ではないナボコフの心にくいまでの技法の一端がここに示されているといえるだろう。

この作品の第一章（一九五三年十一月二十八日号）、第三章（一九五五年四月二十三日号）、第四章（一九五五年十月十五日号）、第六章（一九五五年十一月十二日号）は、はじめそれぞれ『ニューヨーカー』誌に掲載され、一九五七年に他の章とともに一書となって刊行された。刊行と同時に、好評をもって迎えられ、一九五七年度の全米図書賞《ナショナル・ブック・アウォード》の候補作品にノミネートされた。

訳出にあたって使用したのは、『ナボコフ詞華集』（Page Stegner, ed. : Nabokov's Congeries, 1968, The Viking Press）に完全収録されているテキスト[1]で、他にペーパーバッ

編注

1　前出の一九五七年刊"Pnin"(Doubleday & Company)と同内容

ク版（Atheneum 55）や、『ニューヨーカー』誌のバックナンバーを参照した。ペーパーバック版を貸与して下さった中央大学教授の大津栄一郎氏、『ニューヨーカー』誌を参照させて下さった常磐新平氏のご厚情にはこの紙上を借りて深く謝意を述べさせていただきたい。

そのほか、ロシア語のことやその他について、お世話になった多くの方々がいるが、一々お名前をあげてお礼を申上げないのは、この拙訳によって却ってご迷惑がかかることを怖れるからにほかならない。

最後に、私の遅い仕事ぶりを終始寛容にお恕し下さった新潮社の大村孝氏には心からのお詫びとお礼を申上げげたい。

訳者

一九七一年二月

※「訳者あとがき」は一九七一年刊の新潮社版のものを転載しました。

＊本書は、1971年刊の新潮社版を底本としました。
＊今日の人権意識に照らして不適切と思われる語句や表現については、
時代的背景と作品の価値をかんがみ、そのままとしました。

プニン
2012年10月1日初版第一刷発行

著者：ウラジーミル・ナボコフ
訳者：大橋吉之輔
発行者：山田健一
発行所：株式会社文遊社
東京都文京区本郷4-9-1-402　〒113-0033
TEL: 03-3815-7740　FAX: 03-3815-8716
郵便振替：00170-6-173020

書容設計：羽良多平吉 @EDiX
DTP：荒川典久
本文基本使用書体：本明朝小がな Pr5N-BOOK
印刷：シナノ印刷

乱丁本、落丁本は、お取り替えいたします。
定価は、カバーに表示してあります。

ISBN 978-4-89257-074-2